顔のない肖像画

沒有臉的肖像畫。

連城三紀彦

吳季倫——譯

日本推理大師經典

沒有臉的肖像畫

連城三紀彥

CONTENTS

出版緣起

日本推理大師，永不墜落的熠熠星團

編輯部

一九二三年，被譽爲「日本推理之父」的江戶川亂步推出〈兩分銅幣〉之後，日本現代推理小說正式宣告成立。若包含亂步之前的黎明期，此一文類經過了將近百年的漫長演化，至今已發展出其獨步全球的特殊風格與特色，使日本成爲最有實力的推理小說生產國之一，甚至在同類型漫畫、電影與電腦遊戲的推波助瀾之下，日本著名暢銷作家如桐野夏生、宮部美幸等也已躋進亞洲、歐美市場，在國際文壇上展露光芒，聲譽扶搖直上。

我們不禁要問，在新一代推理作家於日本本國以及台灣甚或全球取得絕大成功的背後，有哪些強大力量的支持、經過哪些營養素的吸取與轉化，能夠在競爭激烈的國際舞台上掙得一席之地？在這些作家之前，曾有哪些重要的作家精耕此一文類、獨領當時風騷，無論在形式的創新或銷售實績上都睥睨群雄、立下典範、影響至鉅？而他們的努力對此一文類長期發展的貢獻爲何？此外，日本推理小說的體系是如何建立的？爲何這番歷史傳承得以一代又一代地開發出一批批忠心耿耿的讀者，並因此吸引無數優秀的創作者傾注心血，人才輩出？

爲嘗試回答這個問題，獨步文化在經過縝密的籌備和規畫之後，於二〇〇六年年初推出全新書系「日本推理大師經典」系列，以曾經開創流派、對於後輩作家擁有莫大影響力的作家為中心，由本格推理大師、名偵探金田一耕助和由利麟太郎的創作者橫溝正史，以及社會派創始者、日本文壇巨匠松本清張領軍，帶領讀者重新閱讀並認識在日本推理史上留下重要足跡的作家，如森村誠一、阿刀田高、逢坂剛等不同創作風格的重量級巨星。

日本推理百年歷史，從本格派到社會派，到新本格、新新本格的宣言及開創，眾星雲集，但跨越世代、擁有不朽魅力的巨匠們，永遠宛如夜空中璀璨耀眼的星團熠熠發亮，炫目不墜。

獨步文化編輯部期待能透過「日本推理大師經典」系列的出版，讓所有熱愛或即將親近日本推理小說的讀者，親炙大師風采，不僅對於日本推理小說的歷史淵源有全盤而深入的理解，更能從經典中讀出門道、讀出無窮無盡的趣味。

推薦序

連城三紀彥的幾張臉

陳栢青

還沒接到情書，先吻過他的唇。台灣遇見連城三紀彥非常早。上個世紀八〇年代，推理首選花系列，《一朵桔梗花》早在一九八五年便於台灣出版，傅博主編的日本推理相關系列接續推出，小說家可能不知道，自己在台北價值連城，出版量頗豐，我的書架上有一本故鄉出版社推出的《紅唇》，很多年後麥田出版《情書》，這才發現兩本書是同一本。但為什麼情書不叫情書呢？是因為版權因素嗎？故鄉版譯者序裡提到：「這是一本有情的小說，更重要的是，這不是一般的言情小說，而是一本發乎眞性的有情小說。」言情下面畫紅線，我給自己的答案在這裡。在那個時代，比起情書，台灣更需要紅唇——八〇年代台灣有少女團體紅唇族，言情小說、羅曼史是女力機關槍，噠噠噠開闢出更廣大市場戰線，鮮豔的紅唇比含蓄的情書更能成為時代裡的戳記，讓你在出租店陳列架或書店裡可以一眼發現，於是連城三紀彥小說《少女》在上世紀台灣變成《激情之夏》、《螢草》成了《被選中的女人》、《沒有夜晚的窗戶》改叫《外遇俱樂部》，看書名就很刺激，濕濕的，黃黃的，帶點偷，心底彷彿打開汽水罐冒出很多粉紅泡泡，換一個書名就像幫作家變一張臉，連城三紀彥和台灣的第一次相遇，有很多張臉。紅唇與白桔梗，推理與言情，對別人來說是分裂，但在他身上很統一，殺殺人，跳跳舞，談情說愛，出生入死，恰恰都是他。

連城三紀彥怎麼誕生的？一九七八年加藤甚吾以〈變調二人羽織〉獲得傅博主編《幻影城》推理雜誌第三屆小說新人獎，從此登上推理文壇。傅博在台灣版《命運的八分休止符》序中談到，他覺得加藤甚吾「這名字給人的印象是『武將』，毫無『文人』氣息」，於是傅博打電話通知加藤先生得獎的同時，也建議他不妨使用筆名。幻影城中，連城三紀彥便誕生了。「名字是他姊姊根據姓名學代取的。」新生的連城三紀彥帶來幾篇作品，傅博特別在意其中一篇：「我覺得《藤之香》的內容特別新穎，我提案今後把這種形式系列化，在《幻影城》連載，於是每篇作品都冠上花名的『花葬』系列誕生。」花是連城三紀彥頭上的冠冕，結實累累，迎風輕，入眼豔，卻成爲連城三紀彥生命中，也是推理文壇重中之重，「花葬」系列裡〈返回川殉情〉獲第三十四屆日本推理作家協會短篇部門獎、〈宵待草夜情〉獲第五屆吉川英治文學新人獎，重看當初的命名，文人還是武將，花朵骨原來是佩刀，花與劍，兩張臉合成同一張。

後來我在三津田信三的《忌館：恐怖小說家的棲息之處》裡發現連城三紀彥另外的臉。三津田信三藉由小說中作家之口與朋友討論推理小說，小說家提起連城三紀彥，朋友回應道：「原來連城先生也寫推理小說嗎？」於是作家只能苦笑，「不過只知道《情書》以後的連城三紀彥的讀者，都會如此反應吧。」《情書》確實不走推理小說路數，在台灣，連城三紀彥有很多張臉同時並置，在日本成了臉的先後問題。一張臉疊在另一張臉上，你可能因爲他某個時期的出版而認爲他是誰。「『花葬』系列等初期短篇，知性與耽美的融合近乎完美。」、「《情書》裡面的短篇也是，算是欺騙讀者嗎？我覺得很多作品讀到最後，才會恍然大悟：『啊啊，原來是這樣。』……對於從一開始——那是一篇叫〈變調二人羽織〉的短篇——就一路追隨連城先生作品的讀者來說，即使他開始寫起推理色彩越來越淡的一般小說，應該也可以從裡頭讀出他的推理志趣……」對不知道連城三紀彥的讀者來說，《忌館》更像紀念館，三言兩語，像一張檔案小照，勾勒出連城三紀彥的寫作軌跡。

可以注意的是，三津田信三提出一個問題，他安排《忌館》中的小說家自語道，江戶川亂步所有作品裡他最喜歡的就屬〈陰獸〉，可他卻以爲，江戶川亂步雖然立大志要寫推理小說，亂步的資質，卻適宜成爲耽美派，「亂步立志朝著與自己的資質完全相反的方向前進」，亂步迷亂，文字裡磕磕碰碰，可經過不停努力，亂步的志向與資質卻在〈陰獸〉裡完美結合了。小說家以爲〈陰獸〉出現多年後，日本推理小說界才出現足以匹敵亂步的作家。正是連城三紀彥。《忌館》裡這樣寫：「我曾在雜誌上讀到連城先生說他原本不是想寫推理小說……」、「那不是和亂步相反了嗎？」這也是連城三紀彥的另一個面相，在三津田信三的鏡子中折射出的是江戶川亂步，不如說是對整個日本推理小說史投以深長的凝視——在過去，曾發生「偵探小說可以是文學嗎」的論爭，「非文學派主張，偵探小說會向讀者提示謎團，但若是在裡面加入所謂文學的要素——特別是登場人物的心理描寫等等——將使得提示謎團本身變得不可能」，三津田信三重提亂步短文〈一個芭蕉的問題〉中的著名提問：「俳諧原本只是市井俗人的娛樂，但由於芭蕉這個天才的登場，被提升到藝術的境界。如果偵探小說界也出現這樣一個芭蕉，偵探小說也有成爲一流文學、成爲藝術的一天吧？」《忌館》中爲我們勾勒出一個答案，不如說是給讀者一張臉：「將推理小說和文學昇華到更高水準的，應該是連城三紀彥吧。」

「越是想要寫下富有文學性的作品，偵探小說的趣味當然就會變得淡薄。這等於是要融合原本完全相反的事物。」三津田信三在小說裡整理這道難題，而在上世紀，傅博便在連城三紀彥《出軌的女人》一書序文中提及：「推理小說原本是專寫『事』的小說形式，不適合描寫『人』，因而被認爲以推理小說的形式，難以表達人的『生』與『性』，所以難於達到藝術的境界，而被歸爲大眾文學的範疇。因此，很多人主張在推理故事的進展過程中，不宜穿插與解謎無直接關聯的愛情插曲和心理描寫，以免破壞推理過程的思考。」

但爲什麼連城三紀彥可以回答〈一個芭蕉的問題〉？或者，他如何調和藝術與推理，「事」與「人」的距離？

〈情書〉中女編輯知道丈夫外遇卻默許了，因爲丈夫說，曾經交往過的女人就要死掉了，想在女人生命的最後，陪她最後一程。小說裡兩人世界闖入第三者，但誰是誰的第三者呢？兩個女人合縱連橫，愛情裡對手在感情裡時不握手，女編輯和丈夫本是牽手，分了手後才發現指尖溫暖，小說裡丈夫看著女編輯，慨然說出：「一個女人身上，原來可以同時存在好幾個女人。」〈情書〉於一九八四年獲得直木獎。至一九九三年，日本出版連城三紀彥短篇小說集《沒有臉的肖像畫》，書中收錄一篇〈夜晚的另一張面孔〉，經理夫人請女職員當起偵探，調查同一間辦公室裡哪個女孩才是經理的外遇對象。經理夫人這樣對女職員說：

「每一個女人，都擁有兩、三張面孔。」

十年過去，這樣一句話貫穿了連城三紀彥半生創作。

我以爲這句話是連城三紀彥對小說的困難做出最好的解答。

短篇小說是什麼？首先是關係。好的關係構成短篇的施力軸。把人世風景都看透，連城三紀彥小說的獨特，在於他的通透，兩點變成一直線，三點畫出三角形，連城三紀彥總能把複雜的人情還原成單純的關係表現，像畫連連看，只是被他一連，卻是加成，他不只讓關係連出形狀，而是擅長從形狀裡喚出故事，那可不就是星座嗎？一般人看是散亂的星辰，但有了故事，天空上就有了牛、有了蟹、有了羊，南北半球天空像是我家的火鍋湯底，載浮載沉都是大骨精華，生猛鮮味。所以平平都是寫出軌，但〈情書〉一出手，三人關係行不行，但如果其中有一個快死了呢？連城三紀彥巧手提味，就讓清水變雞湯，單純的嫉妒由此變成憐憫，怨恨多出寬容，愛寫作恨，這就有了戲。《沒有臉的肖像畫》中諸篇把「關係」發揮到爐火純青，例如〈被玷污的眼睛〉原以爲是社會版的小角落，又是椿性侵事件，可一旦關係鋪展開來，小說中人物誰是誰的誰？誰和誰原來有關係，瞬間連連看變成是非題，你難斷是非，而讀小說就成選擇題，眾說紛紜，以上答案何者爲是？看連城三紀彥的小說是一次又一次盲人摸象，摸的是臉，其實是關係——但結果未必是。眞正的臉總是嚇你一跳。

而你看到是哪張臉？聽誰在說話？連城三紀彥多會說故事，不如說，他知道該用哪一張臉。誰說話決定關係的走向，也決定故事的形狀。不同的臉讓同一個關係有不同的版本，這其中，怎麼說，何時說，在哪說，又每每讓關係產生質變與形變。同一張臉，會有無數個面孔，無數個面孔，竟也可以是同一張臉。《沒有臉的肖像畫》裡所收錄，哪一篇不是提頭來見，你以爲透過他看見，其實什麼都沒發現。以爲一拍兩瞪眼，其實是一唱三疊，一翻頁，認知全改變。

我眞正想說的是，連城三紀彥對人世最大的發現，或是對小說最大的發明其實在於，「每一個女人，都擁有兩、三張面孔。」推理要求解，但人的心多複雜。一個人有很多張臉，受害者可以同時是加害者，日正當中，才生陰影。有多壞，正因爲他心裡曾有多愛。推理未必成爲人生的答案，但在連成三紀彥小說裡，人生卻可以成爲推理的提問，推理不是問題，人生才是，而問對問題就指出答案，連城三紀彥小說做到的是，他可以在小說中求出臉的最大公因數——正因爲相反，才能相容。有那麼多張臉，卻都可以同時存在。同時存在的臉成爲小說的謎團，卻是人生的眞相。在這樣的倒反裡，我們何止看到連城三紀彥爲推理小說所開闢出的道路，那同時是文學小說想抵達的終點，他卻只是把這當開端。

因此連城三紀彥能得出小說與人生之間的最小公倍數——他其實描摹出當代社會的臉。這個世界旋轉得太快，有太多新的情感誕生，也就有太多關係，連城三紀彥透過他的小說——很奇怪，明明是探索人類的心，那是內在看不見的線條——卻準確把城市的現況、都會裡男男女女心頭的幽微用情節確切地連起來，輾轉相除，能走進心裡頭，才能展示牆外頭。越私密，越大眾，在他的小說的臉上，發現自己的臉。

本文作者簡介：

陳栢青，一九八三年台中生。台灣大學台灣文學研究所畢業。出版有長篇小說《尖叫連線》、散文集《Mr. Adult 大人先生》。另曾以筆名葉覆鹿出版小說《小城市》。

被玷汙的眼睛

如您所說，從他去闔上窗簾的那一刻我就起疑了。我甚至開口阻止過他，「啊，請別拉上窗簾！」一個人待在病房裡沒什麼事做，只能看著窗外發愣來打發時間。從六樓窗口可望見對面那棟樓的屋頂常有鴿子停歇。那個時候，恰巧有一隻通體雪白的鴿子和另一隻黑得像烏鴉的鴿子展翅互搧，我還百無聊賴地想著，牠們是在玩鬧還是打架？沒錯，我記得是四點十分或十五分，醫師似乎沒聽見我的話，伸手搭在門把上準備離開。我只好從床上撐起身子，打算自行一步步移到窗邊。

勉強將一條腿挪向地面，腳趾試著探進拖鞋，我才赫然察覺醫師的目光。醫師並未離開病房，而是背貼著門扉，反手握住門把鎖上。鎖門時那冷冽的金屬聲響，像是來自他掩藏在眼鏡後面的那對灰色瞳仁。隨著鎖門聲響起，他冰冷的視線彷彿也將一切情感都上了鎖，那襲白袍底下的身軀亦遭到封閉，淪爲一具沒有血淚的無機物。我向來認爲醫師親切和善，是個好人，唯獨對那雙眼睛有些反感。每當那雙眼睛注視著我，總覺得自己好似被擺在顯微鏡下觀察，連內心最深的細部也逃不過他的眼睛，令人爲之膽寒。是的，最先侵犯我的就是那雙眼睛……

那雙眼睛一直盯著姿勢不良的我，裸露在鬆敞睡袍下的腿。對，說得再精準一點，是右大腿。我的**那邊**感受到比打針更難忍的刺痛。不可能，我絕不可能故意露大腿給他看。我去年受傷骨折，在骨頭癒合後右腿依然麻痺，過了許久還是無法行動。感謝醫師高明的醫術，這陣子總算可以慢慢移動，很快就能出院，只是要把腿挪下床仍得費一番功夫，實在顧不上睡袍的下襬已敞開。是的，在發覺他盯著我看的當下，沒有馬上整理儀容是我的失誤，可是事出突然，我把站在旁邊的人視爲醫師，根本沒多想他爲何要闔上窗簾與鎖上房門。過去的一年裡，醫師和我之間僅僅是醫病關係。醫師只將病患的身體當成一具人體模型，不是嗎？醫師之前已看過兩、三次我這個病患赤身裸體的樣子，所以我實在不明白爲何在一年過後，那雙盯著我的眼睛忽然懷有惡意。

我只好對著他傻笑。還沒有得到理智的驗證之前，我已憑本能知道接下來會發生某種可怕的事，因而藉此掩飾內心的恐慌。醫師說我媚笑勾引他，絕對是天大的謊言！他以爲在密室裡發生的事可信口雌黃，但反鎖房門、將病房變成密室的是他，單憑這一點就足以證明並不是我主動勾引他。

醫師靠過來，輕輕抬起我那條吊在床邊搖晃的腿，擱回床上。原本像鐘擺左右來回探找拖鞋的腿不再移動，換成恐慌引發胸口上下起伏的轟然心跳。感覺有螞蟻爬過我的腿，幾秒以後我才恍然大悟那是醫師的手指。這和他過去診療時的動作一樣，他總是透過手指按壓和搓摸的方式，檢查我麻痺的右腿是否恢復知覺。多虧醫師的細心治療，我的腿已恢復到足以感覺他的觸摸比平常更為輕柔。我的理智極力否認醫師的觸摸較往常來得輕柔，不斷說服自己這只是單純的診療，而這就是我沒有反抗的理由。到此為止，具體上，醫師不尋常的舉動只有闔窗簾和鎖門，但鎖門這個動作可以有不同的解讀，我選擇相信醫師。這一年來我們建立的信賴關係，不是區區一個鎖門聲就能推翻的。況且，每一樁案件發生之前未必總會傳來響亮的腳步聲，有時只像睡夢中從背後悄悄接近的躡足聲，猛然回頭察覺已太遲。

他揮手掃掉枕邊的呼叫鈴，往我嘴裡塞毛巾。等到終於確切明白即將發生什麼事，我根本來不及逃了。不對，讓我把細節說得更清楚點。他先是解下我睡袍的綁帶，捆住我的手，壓制住我的上半身、打量周圍後找到毛巾，順手塞進我的嘴裡。這時我的胸脯的確有兩、三次起伏，但並不是故意做給他看，而是一陣反胃，湧上喉頭卻沒辦法吐出來，於是猛然倒灌回胸口。比起嘴裡塞了毛巾，即將發生的事更令我作嘔。

是的，最先來調查的刑警先生也問過我為什麼沒有反抗，問題是我哪有辦法反抗？雖然我已能慢慢走動，可是右腿恢復的程度連普通人的一半都不到。醫師的身材並不高大，但以我當下的狀況來說，等於是成年男子對付孩童。再加上醫師不知何時已爬上床，雙腳緊緊箝住我的下半身。我的身體和腿在尚未痊癒的麻痺以及恐慌之下，被牢牢固定在病床的狹小空間裡，唯一能夠自由活動的只剩眼睛。我只能奮力瞪大眼睛，用眼神發出求救的吶喊。

可是醫師始終一聲不吭，冷冷俯視著我。他的慾望彷彿隱匿在好幾層透鏡之後，我又感覺自己被擺到顯微鏡下觀察，並且這次他的眼睛看進我最私密的部分，本來保護在我體內幽深之境的祕處也將裸露在他面前——醫師像是要朝著這個目標，手指逐一解開白袍上的鈕釦。他非常冷靜，彷彿此時在他身下的只是一具死屍。透鏡聚焦在我的身上，冰冷與銳利的視線逐漸變粗，化爲一支錐子。那柄利器刺中了我。我眞的覺得自己正一寸一寸死去。醫師接著解開皮帶，我仰起頭，盡量不去看那個在敞開的白袍間躁動的物體。醫師揪住我睡袍的衣襟，拽向兩側，袒露胸脯的我像被拋到了空中。熾熱的水滴灼落在胸脯間的凹陷，一路向下淌出一條水痕。我能做的反抗只有更用力往後仰，讓後腦杓深深埋進床鋪裡，盡量不去看醫師的身體。

離病床護欄稍遠處有一只花瓶，映在我眼裡是顚倒的。爲了轉移注意力，我試著回想那些早已遺忘的花名。每一朵花的顏色都不一樣，有紅的、有藍的、有黃的，鮮豔的原色在白得不得了的牆壁前面像是乾燥的假花。一股股震動傳來，我不曉得究竟是那些花在晃動，還是視線的波動導致我看成花在晃動。接下來的細節我記不起來了，只感到痛楚、羞辱和……恐懼而已。小蒼蘭、魯冰花、番紅花、紫菀……我在心中吶喊著一個個聽過的花名。不久，花朵像遭暴風侵襲般大幅擺盪，各種色彩猛力碰撞後融成一片白，接著像一團光球爆炸開來，變爲觸目驚心的空白……

等到我恢復神智，病房裡已空無一人。暮色籠罩，白牆印上昏灰，房裡彷彿連我也不存在。至少和過去一樣，我已不在那個地方。躺在床上的我形同被沖到岸上的浮屍，裸露的肌膚沾附著陌生的氣味，耳畔迴盪著醫師臨走前扔下的、如遠方海浪聲般的一陣嘟囔：「最好閉上妳的嘴。這種事就算說出去，只要我堅決否認，妳手中又沒握有鐵證，最後只能不了了之。」我覺得二十八歲的自己只不過是一座沙雕人像，今天猝不及防地被一個脫掉白袍、露出禽獸面目的男人一掌拍碎，四分五裂。爲了檢查自己的身體還是不是人類的軀體，我伸手從脖子、胸脯往下繼續摸到腿腳。

就在這時候，負責送餐的島村太太端來晚飯。我沒聽到她敲門，大概是精神恍惚，一時沒注意。一看到她，我反射性地合攏衣襟，放下衣襬，急忙辯解「實在太熱了……」。島村太太難爲情地別過臉，把餐盤擱在床邊，隨即逃離病房。以往她十分平易近人，之後見到我卻總是表情嚴肅，雙唇緊閉，彷彿和我講話會弄髒自己的嘴。聽說島村太太作證當時看到我伸手撫摸全身、頭往後仰，而且望著昏暗天花板的眼神迷濛，完全是她誤會了。我不否認當時流露微微的笑意，但那難道不是瞬間失去一切的人，絕望到極點的苦笑嗎？我只剩下一副空殼子，不知道自己是誰，也忘了憤怒和悲傷等種種人類擁有的情緒……

直到第二天，醫師例行巡視病房，一如以往用了五、六分鐘檢查完我的腿並離開病房以後，我才終於和常人一樣勃然大怒。或許是小澤典子護士陪同巡房，醫師不便提起前一天發生的事，可是我認爲他一臉若無其事不僅僅是這個理由。看著那襲毫無汙漬、白得刺眼的醫師袍，我頓時明瞭他對前一天發生的事沒有絲毫罪惡感。那分明是一樁不容辯解的罪行，卻被包庇在那襲自詡潔白無瑕的白色鎧甲下，今後他仍將繼續以醫師之尊廣受眾人的愛戴。罪惡感？那種東西想必在醫師嘗到快感、離開我身體的那一刻，就跟著煙消雲散了。可是，我呢？恐怕我一輩子都要帶著這段令人作嘔的記憶，以及對男人的不信任活下去。不，不單是對男人不信任，這件事同時粉碎了我對醫師這份神聖職業的信賴，連一點渣籽都不剩。事實上，在那之後我的右腿又變成不能動了。我的腿能夠漸漸恢復是醫師的功勞，然而，致使那條腿再次跌落深谷，簡直形同將我整個人推下萬丈深淵，讓我再也爬不起來的，一樣是醫師。當下感受到的羞辱凝結在那條腿裡，連我的人生也從此麻痺。

醫師離開病房以後，那襲刺眼的白袍依然在我的眼底駐留良久，炙成了唯一的白。我瘋狂地摁下呼叫鈴，拜託趕到病床前的護士小姐找來村木醫師，可是醫師以忙碌爲由，一直到晚上都沒出現，隔天另一位醫師巡房時告知村木醫師去金澤參加學術研討會了。或許他的確是去參加學術研討會，但我認爲他是藉故避而不見。不，不僅是避而不見，甚至是視若無睹、漠不在乎。我原本抱著一絲期待，假使醫師有那麼一點愧疚、願意誠心道歉，也不是不能原諒他，可惜事與願違。於是那天傍晚，正確來說，是案發的第四十九個小時，我把事情的經過一五一十地告訴來探病的妹妹雪子，請她幫我報警。

聽到家姊靜子敘述那件事時我嚇壞了，但我相信她說的是眞話。家姊不會拿這種事騙人。我和她住在一起二十幾年，比誰都清楚她的個性。不過，我還是勸她：「這種事一旦對方裝傻就沒轍了，控告他也不一定會贏，說不定被害者還會遭受更大的羞辱，可以想見這場仗很不好打，妳確定能夠堅持奮戰到底嗎？」家姊聽完不發一語，只用力點頭。我第一次看到家姊如此明確地展現自我意志，可見她受到多麼嚴重的精神打擊。從小我就比她懂事，大家都說家姊看起來像妹妹。即使到了這個年紀，家姊在某些方面仍稚氣未脫，天眞純潔，對人深信不疑。這回的事件家姊覺得很意外，其實但凡她有點戒心，早該從村木修三的態度發現可疑之處。村木修三正是料準家姊老實可欺，才做出這種身爲醫師，不，是身爲一個人，簡直罪該萬死的惡行，我絕不會原諒他！

事態發展到現在，果然演變成我擔憂的情況。不單是村木，院方人員全都聯合起來誹謗家姊。去年發生意外住院之前，她的確是在夜總會工作，和男性交往的分際或許拿捏得不夠嚴謹，但她始終守身如玉，甚至曾因拒絕未婚夫的求歡，而在結婚前夕被解除婚約。這樣的女人又怎會勾引醫師？更不用說什麼遭醫師拒絕後，自慰時不巧被送餐的島村太太撞見，羞憤交加下乾脆捏造自己慘遭侵犯的謊言，依家姊的個性絕不會做出這種事。村木修三從頭到尾根本沒吐露眞話。我很不願意這樣問，可是警方認眞調查過這起案件嗎？就拿島村太太的證詞來看吧，只要勘查過病房的格局便知道她是胡謅的。據說，島村太太是這麼描述的：「我敲了門卻沒聽到回應，於是直接開門。沒想到，一開門就看到病患頭往後仰、眼神迷濛地望著天花板。」問題是，從進門處到病床之間擺著一只大花瓶，站在門口無法看到躺在枕頭上的病患臉部，更不用提五點十分病房裡已變暗，絕不可能看清家姊的眼神和表情。我沒說島村太太是故意撒謊，只是猜測她恐怕光憑家姊手移到下半身的動作，便描繪出自己想像中的畫面……

不是的，我一進病房馬上往右走，打算要開燈，所以確實看到靜子小姐的眼睛特別濕潤。即使在昏暗的光線下，也能夠分辨出那種喝醉似的怪異眼神，至於留意到她手的動作，則是後來的事了。我一看到就急著離開，那時病患才發現我在旁邊，趕忙整理儀容。我放下餐盤便衝出病房。

萬一被人誤會我在這麼重要的事情上亂說話就太冤枉了，我只好再補充一點。其實上個月，也就是去年年底，有一次靜子小姐的房門恰巧開著兩公分左右的空隙，我目睹她做了同樣的舉動。那時沒看到臉，但我聽到她的呻吟，還看見她把手指伸進裸露的兩腿之間。我能理解病患也有生理需求，於是當成沒看到那幕景象，也沒告訴過任何人，只是暗自覺得在風月場所上班的女人，在性事方面好像比較隨便。沒有，我並未瞧清她的手指移動到什麼部位，只看見她的手從胸部滑到腹部，便馬上轉開頭。但我的推測絕不是毫無根據，對照去年年底那件事，加上我的推測和村木醫師的說法完全一致，應該就不辯自明了。縱使靜子小姐說的是眞的，她和村木醫師確實發生了肉體關係，而我看到的是結束不久的情景，我也無法相信一個剛剛遭到暴力侵犯的人會擺出那種姿勢——她不是自己用手享受快感，就是在回味和醫師發生關係的過程。從她充滿愉悅的眼神，可以想見必定是其中之一：若不是她積極主動求歡，便是彼此情投意合的燕好。

謊言最可怕的地方，就是當事人會誤將謊言視爲眞實，並且深信不疑。這就是簗田靜子目前的狀況。我認爲她應該接受精神鑑定。我才是她的謊言和瘋狂精神狀態下的受害者。如同我之前的陳述，要求闔上窗簾的是她。那時我依慣例完成簡單的檢查，不經意地站在窗邊為她打氣：「按照目前恢復的速度，再過半個月就可以出院了。」不料，她忽然接口說：「我有點事想私下談，麻煩您把門鎖上。」我雖然納悶，還是按照她的要求去鎖門。等我轉過頭，不曉得她什麼時候已起身坐在床邊，右腿像鐘擺晃啊晃的，甚至露出大腿根部，顯然是故意吸引我的注意。實際上，她隨即迎上我的視線，給了我一個微笑，說：「請讓我獻身答謝醫師的恩情吧！」我無奈地嘆氣，走過去把她的腿抬回床上，同時安撫她：「別說這種傻話。」比起這句話，她從我的眼中讀出堅決的回絕，頓時浮現受辱的神情，以左腿踢掉我想幫她蓋上的毯子，撂下一句：「醫師不做的話，我自己做！」接著，她粗暴地扯開衣服，袒露胸部。她說我把呼叫鈴扔到地上，還拿毛巾塞住她的嘴巴？別聽她胡言亂語。島村妙很肯定進去病房時呼叫鈴和毛巾都擺在平常的位置，就是最好的證明。睡袍的綁帶也是她自行解開的，在她露出下半身之前，我就背對她走出病房了。

據說，和我同一個辦公室的同事森下，作證我是在四點左右去幫她做例行檢查，大約一個鐘頭後，在五點整回到辦公室。那段時間，我在她的病房停留約莫十五分鐘便衝出來，接著到頂樓呼吸新鮮空氣，將受到她刻意勾引的不愉快一吐而空。在此之前，我就察覺她對我有好感。尤其去年十二月以後，我常收到她的各種禮物，她看我的眼神也和一般病患不一樣，還特別關心我的私生活，經常嗲聲嗲氣地問我一串問題。自作多情的不是我，而是她。

像她那種得靠濃妝豔抹來展現魅力的女人，我根本性趣缺缺。況且，如同我前幾天特別提到的，我沒有任何理由在病患身上發洩性慾。下個月我就要和小澤典子護士結婚，我們這對未婚夫妻擁有規律的性生活，她身體帶來的新鮮感充分滿足我的慾望。除了醫病關係，我對女患者沒有半點興趣。身爲醫師的我前途一片光明，事業愛情兩得意，稱得上是人生最幸福的時刻，何苦要爲了剎那的快感犯下強姦那種蠢事，犧牲終身的幸福呢？我沒有笨到不曉得，濫用醫師身分蹂躪病患要付出什麼代價。

我曾關懷築田靜子僅僅是基於醫師的義務，沒想到她居然羅織罪名來回報我。對於她，我現在只有厭惡。

儘管醫師表示他正值人生最幸福的時刻，根本沒有理由犯下強姦那種愚蠢的行爲……不，身爲遭到侵犯的當事人，我至少可以斬釘截鐵地說出一個理由。

那就是，醫師是**男人**。

本院的護士都很羨慕村木醫師和未婚妻小澤典子護士甜蜜的相處，我身爲護理長，由衷祝賀他們即將結爲連理。這兩位無論在工作上和個性上都非常完美。尤其在年輕一輩的醫師當中，像村木這樣對病患全心付出的醫師頗爲罕見，所以他絕不可能做出那種事。那天三點半左右，我看到他們在走廊角落親暱交談。簗田靜子小姐控訴醫師在四點十分到五點之間向她施暴，我實在無法想像四十分鐘之前還滿面笑容和未婚妻聊天的醫師，不久後就變成強姦犯，襲擊未婚妻以外的女性。

我和簗田小姐相當熟。我知道一些護士對她頗有微詞，但她在我面前表現得客客氣氣的，給我的印象挺好。只是，她在某些方面有點固執己見，比方會爲了小事摁呼叫鈴差遣我們，有所要求時絕不肯退讓。事情發生的前一天，她突然說要換一下病床的位置，我勸她都快出院了不妨將就幾天，最後還是順從她的意願。其實，她經常要求我們搬動病床，但那天是突然要求搬到離房門最遠的地方……您瞭解我的意思吧？離房門最遠，也就是離走廊最遠。依我推想，靜子小姐在事情發生的前一天已擬妥計畫準備勾引醫師，爲了避免走廊上往來的人聽到異樣的動靜，於是預先要求我們把病床搬遠一點。

您想知道護士之間對此事有何看法？請直接去請教小澤典子護士。靜子小姐對村木醫師懷有情愫，身爲未婚妻的小澤護士受到很大的打擊……

是的，我認爲簗田靜子小姐是嫉妒我，才編造出那種事爲難醫師，陷他於不義。去年秋末，得知我和醫師訂婚，她對我的態度就不一樣了。之前還會和我說說笑笑，自從十二月以後，即使我和其他護士一起出現，她也只和另一位護士聊天，當成沒看到我。假如是我陪同醫師到病房，她就會刻意撒嬌纏著醫師，並且暗中觀察我的反應。的確，聽聞我們訂婚的消息後，她便加倍向醫師示好。醫師對每個患者都親切有加，不會把個人的情緒表現在臉上，其實心裡很不耐煩她的示好。今年以來，她幾乎天天送禮，醫師全私下轉送給其他同事了。

從外科醫學的觀點來看，她右腿的傷勢早就痊癒。只不過是車禍造成的骨折，沒什麼大不了。起初神經麻痺的症狀的確相當嚴重，但在醫師無微不至的診療下，到年底已恢復得差不多。可是，她總裝成只能稍微走幾步，肯定是爲了晚一點出院，藉機膩在醫師身邊。不單是我，其他護士也都這麼說，大家常勸我要提防簗田小姐。即使簗田小姐說的是眞話，以她目前的狀況絕對有能力反抗到底。

問題是，她根本謊話連篇。村木醫師和我過得很美滿，根本沒必要冒險強姦別人。護理長表示那天三點半看到我和醫師交談，醫師是在詢問：「我後天要到金澤出差一個星期左右，今天晚上可以睡在妳家嗎？」沒有，當晚醫師來我公寓時毫無異狀，也完全沒有提起傍晚簗田小姐刻意勾引他的事。不過，隔天我恰巧陪同醫師巡房，覺得靜子小姐的表情不同以往，有點奇怪。順手拍掉沾在醫師白袍上的灰塵時，簗田小姐忽然凶狠地瞪我一眼。那雙流露殺意的眼睛令我頭皮發麻。如今回想起來，或許就是在那一刻，她不顧一切地決定要報復。

我要抗議小澤典子護士的所有主張。由於村木醫師一向待我比其他患者親切，她很不高興，幾乎不曾和我交談，而且她和醫師一起來病房時，總會故意黏在醫師身邊，彷彿在示威。這簡直像在爭執一片玻璃究竟哪邊才是正面，各說各話。護理長也一樣，為了袒護自家人而故意扭曲事實。我請她們幫忙移動病床時說的是：「我想移到最靠窗的地方，這樣才能好好欣賞窗外的景色。」最靠窗的地方雖然也是離門最遠的地方，可是護理長扭曲成對我不利的解釋，故意讓人誤以為我從前一天就存心不良……

聽完家姊的描述，我發現事有蹊蹺。村木醫師固定每週一、三、五，也就是每兩天巡視病房一次，但那天是星期四，並不是例行的巡房日，而且時間和往常不一樣。直到四點過後，他才突然出現說要檢查一下腿部狀況，家姊有些訝異。倘若一切屬實，不就能證明醫師打一開始便別有企圖，才特地前往病房了嗎？請詢問醫師那麼做的理由。

那是因爲築田靜子前一天表示「明天下午四點，要是時間方便，請來病房一趟」。這句話明明是她親口說的，現在卻又不承認。恐怕她並非單純想勾引我，而是打一開始就計畫要把事情公諸於世，將我打入萬劫不復之境。事已至此，我只能這麼認爲。欲加之罪，何患無辭？請一定要相信我……我才是被害者……

村木君說得沒錯。那天三點四十分左右他回到這間辦公室看病歷，四點出頭忽然嘀咕一句：「啊，差點忘了那個病患要找我！」說著，他還皺起眉頭，扮了個鬼臉。關於築田靜子的事，我從村木君和一些護士那裡聽過不少，所以我目送他離開時，語帶調侃地對他說了聲：「辛苦你嘍！」我見過築田靜子，那女人挺惹人嫌的，一副矯揉造作的模樣，以爲任誰都會拜倒在她的石榴裙下，其實男人最討厭的就是她那種類型……對了，她有個妹妹是口譯員吧？昨天晚上，那個妹妹撥電話到我家問了同一件事。聽說，除了我以外，她也打電話到其他護士的住家和宿舍，問了很多……這個嘛，我也不曉得她到底想調查什麼……

對，築田小姐的妹妹雪子小姐昨晚打電話給我，於是我們約在我家附近的咖啡廳見了面。不是那樣的，提出見面詳談的是我。其實，我想告訴警方一些關於小澤典子學姊的事，可是小澤學姊早我三年來到這家醫院，也是我尊敬的前輩，萬一傷害她就不好了，所以我一直猶豫該不該說出來，不過我覺得繼續隱瞞下去恐怕會造成嚴重的後果，而雪子小姐像是個好人，便告訴她了……對，就是那一天早上的事。大約八點半，簗田靜子小姐想擦掉玻璃窗上的霧氣，不小心弄掉毛巾，於是我去中庭替她撿回來。毛巾掉落的位置恰好在村木醫師辦公室的窗前，我正想撿起來，忽然聽到醫師和小澤學姊在辦公室裡的交談聲。醫師說：「要是不闔上窗簾，從外面就會看到，眞希望能夠順利闔上窗簾。」小澤學姊回答：「是啊，得想個辦法才行……不過，我不願意改變計畫，還是想在今天四點以後執行。不快點對付那個人，只怕我們的婚事會泡湯。」那個時候我完全聽不懂他們在談什麼，直到三天後得知這起案件……在時間上也完全一致，我猜想會不會醫師眞的對簗田小姐做出那種讓人羞於啓齒的事，而且小澤學姊不僅知情，甚至是共謀，授意醫師去侵犯簗田小姐……我沒有證據，這純粹是我的想像，所以請務必幫忙保密。小澤學姊很優秀，只是她不單律己甚嚴，對別人的要求也很高。她好勝心強，表面上不在乎，或許對簗田小姐早已懷恨在心……我……對，我十分肯定那裡就是村木醫師的辦公室窗外。這家醫院是扁長型的コ字建築，醫師的辦公室和簗田小姐的病房位在同一棟樓，並且就在正下方。交談的那兩人確實是醫師和小澤學姊的聲音，不會有錯。

那天早上，我不過是問了一下醫師中午要不要一起到外面用餐。亂說話的是內藤久江吧？我曾當著大家的面斥責她，所以她藉機報仇。一直以來，在牽涉到簗田靜子的事情上，只有她一個人到處散播傷害我的謠言。誰知道呢，說不定內藤久江的證詞是受到靜子小姐的妹妹指使。如果眞是那樣，那對姊妹企圖誣陷的就不光是村木醫師，還包括我了。怎會有那麼惡毒的人？……我壓根沒把靜子小姐當成情敵。說什麼是我授意醫師去侵犯靜子小姐……太荒唐了……

我暫時還不能透露正在調查的內容。除了口譯員的工作，我也教鄰居小朋友英語會話。代替家姊報警後的隔天，有個小男孩到我家上課。上課的時候，我發現他的視線總是飄向外面，原來是路邊豎著一塊低級電影的廣告牌。他盯著那幅女性裸照的眼神和成年男子沒有差別，我赫然驚覺原來男人都一樣，不禁心裡發毛。那一刻，我察覺到另一個重要關鍵，目前還不便透露。不過，有件事想麻煩警方調查。護理長說她在三點半目睹村木修三和小澤典子站在走廊角落談話。他倆在那個時間之前的行蹤我都查過了，沒有什麼疑點。問題是在三點半以後，我大致掌握了村木的行蹤，但小澤典子有將近一個鐘頭行蹤成謎。四點半，她和一位姓山川的醫師一同奔向病房，搶救病情突然惡化的患者，那麼，從護理長看到她的三點半到四點半之間，她究竟在什麼地方、做了什麼事？這部分希望警方能夠詳加調查。您問我爲什麼不全權交由警方處理？坦白說，我不相信警方，我懷疑您們並未認眞搜查能將村木修三定罪的證據……這三天我獨自調查，已掌握兩位連警方都還沒查到的關鍵證人。一位是方才提到的、於四點半和小澤典子一同奔向病房，搶救病情惡化患者的山川醫師。那名六十歲的癌症患者叫藤原眞輔，在醫師趕到的二十分鐘後，亦即四點五十分，宣告不治。山川醫師告知，在那二十分鐘內，小澤典子並未全力搶救病患，她的注意力都放在從窗口可望見的另一間病房，憂心忡忡地頻頻看向那邊。那間病房掛著鮮豔的黃綠相間條紋窗簾，正是家姊的病房！窗簾是去年秋天家姊請我幫忙掛上去的。當然，山川醫師指出的那個時刻，家姊病房的窗簾是闔上的，想必小澤典子恨不得用熾烈的目光扯開。我相信內藤久江護士當天早上偶然聽到的那番對話是眞的。小澤典子肯定知道，那個時刻黃綠相間的窗簾後面**正在發生什麼事**……她曉得未婚夫村木修三在那間病房裡，正在對家姊做什麼……

另一位證人，是恰巧在案件發生的三天前來醫院探病的公司職員。

是的，我從報紙上得知這件案子。如果沒有記錯，應該是在案發三天前的中午過後。有個朋友因心臟衰竭而住院治療，我那天去探病。由於是第一次到那家醫院，我走來走去就是找不到病房。正當我在六樓的長廊上像隻無頭蒼蠅似地到處尋找時，忽然傳來一陣女人的怒吼。是從長廊盡頭倒數第三間病房傳出來的，錯不了，不過我沒留意房號。那女人在門裡大喊：「你就是想拆散我們吧？我再也受不了，想揭發我的祕密請自便！」這個突發狀況嚇得我停下腳步，緊接著，一名護士彷彿要破門而出，從病房衝出來。氣得脹紅臉的護士在長廊上撞見我，臉色忽然由紅轉青。我一時不知該如何是好，隨口詢問她朋友的房號，她說在四樓，接著就跑走了。整件事的過程就是這樣，不知道和那起被大幅報導的強姦案是否有關？……我告訴朋友，他大概又說給負責照護的住院醫師聽了吧。後來，有個年輕女人從那位住院醫師那裡聽說，昨天來找我問過這件事。

那名火冒三丈衝出病房的護士嗎？我記得她的長相，不過沒必要當面指認，因爲護士服的胸前別著名牌。名牌上的姓氏和我岳家的姓氏一樣，都是**小澤**……

是呀，確實有那麼回事。對不起，之前一直沒說出來。今年以來，簗田靜子不斷恐嚇我，她逼我和村木醫師分手，否則就要把**那件事**告訴他……其實，我和村木醫師交往之前，曾和一個年紀比我小的年輕男人同居半年左右，由於彼此的幻想大過愛情，沒多久就分開了。這件事我沒讓村木醫師知道。至於簗田小姐是怎麼曉得的，也許是找徵信社仔細調查過我的經歷吧。總之，她拿這件事威脅我，試圖拆散我們。那個公司職員在病房外聽到的那段話確實是我說的。那一句「我再也受不了」是我發自內心的吶喊。我再也無法忍受，於是當天晚上親口向村木醫師坦承一切。醫師果眞和想像中一樣溫柔，對我的過去一笑置之，還勸我別搭理簗田靜子。他說，要是和那個笨女人計較，我們反倒吃虧。女人眞是一種奇妙的生物。老實講，我非常痛恨簗田小姐強烈的嫉妒心和殘酷的舉動，可是醫師只用一句話，就讓我忘卻一切的不愉快。坦白說出過去，透過這個機會反倒再次確認了醫師對我的愛。有了簗田靜子這個共同的敵人，我和醫師之間的情感更加堅定。

隔天我就告訴簗田小姐這件事，並且決定聽從醫師的勸導，今後不再搭理她。發現恐嚇再也起不了作用，簗田小姐開始著急，於是使出勾引醫師這道殺手鐧。據說，簗田小姐認爲我基於恨意而密謀向她施暴，可是如同我說明過的，事情發生的那一天，我已沒把她放在心上。況且，請想想，世上哪有那麼可怕的女人，會命令心愛的男人向別的女人施暴？

聽到小澤典子護士的告白之後，眞正讓我震驚的不是她過往的經歷，而是簗田靜子對她的恐嚇。但仔細一想，簗田靜子那個女人確實敢做那種事。她曾露出饒有深意的微笑說：

「醫師，您最好聽我的勸，和那位護士小姐解除婚約。」我當時心想，她未免管太多了吧。可是，她畢竟是病患，我不方便表示不高興，只好隨口應付了一下，豈料自戀的她，竟誤以爲我對她也有好感，我實在是懊悔莫及。是的，我一點都不在意典子護士的過去，重要的是，現在她是我妻子的最佳人選。典子護士只是擔心大家知道她的那段過去後，處境會很難堪，才沒把受到恐嚇一事告訴警方。這就是她隱瞞那件事的唯一理由。

我只是覺得，小澤典子護士在那張冷靜的面具底下，隱藏著許多可疑之處，才好心告誡醫師：「最好聽我的勸，別和那種女人結婚」。可是，那純粹是我相信醫師是才德兼備的男士，希望他能找到一位匹配的終身伴侶，絕不是嫉妒小澤護士。這是我第一次聽到小澤護士的過往。一個根本不知情的人，要怎麼拿這件事去恐嚇她？那兩人試圖把我塑造成小說裡的那種壞女人，這樣他們的說詞才站得住腳。既然連什麼我恐嚇她的鬼話都說出口了，我更加確信這起施暴事件背後的主腦就是小澤典子。恐嚇？……那兩人爲了抹除自身犯下的罪行，居然用上這種字眼？……可是，眞正想抹除的人應該是我，我想抹掉一個女人身心嚴重受創留下的傷疤……僅僅如此……

雖然家姊否認，但有第三者的證詞，我想小澤典子受到恐嚇是不爭的事實。那名公司職員應該不至於在與自己無關的案件中，做出對被害者不利的證詞……不過，比起那件事，我認爲小澤典子在三點半到四點半之間的一個鐘頭行蹤不明，這一點更爲重要。正確來說，是五十五分鐘，她在四點二十五分回到護理站，隨即聽到名叫藤原眞輔的癌症患者病房的呼叫鈴，於是和山川醫師一同衝去病房。她自稱那段行蹤成謎的時間是在後院發呆，肯定是謊言。不用了，再怎麼調查恐怕也找不出任何人能爲她作證，因爲她在那五十五分鐘內是暗中行動——我總算查明眞相，請再稍待一下。我委託了徵信社，正在調查小澤典子過去的經歷。她從護校畢業就到這家醫院上班，第三年，也就是四年前，與原本在大學附設醫院任職的村木修三開始交往。依照她的解釋，遇到村木之前，她曾和年輕男人同居大約半年，但那是事實嗎？……如果我的推理無誤，她的過去極有可能隱藏著更大的祕密……

是的，本社在接到築田雪子的委託之後，便對小澤典子展開調查，但沒有查出曾和年紀比她小的男人同居半年的證據。她到目前工作的醫院上班的隔年，從小公寓搬到位於代代木的豪華大廈。搬家不久後，到去年秋天的這六年之間，據說有一位年約六旬、貌似高階主管的老先生，總是搭乘進口車頻繁造訪她家。那棟大廈的管理員猜測，小澤典子應該是那位老先生的情婦。事實上，光靠她的薪水，根本住不起位在代代木的豪華大廈。沒有，本社並未查到老先生的姓名，不過查出大約四年前起，有另一位年輕的先生經常進出她家，就是和她在同一家醫院上班的村木修三。而且，村木剛好那個時期變得出手闊綽，和她一樣搬到新落成的大廈，還買下進口車。根據本社的判斷，小澤典子可能拿了一些金主爸爸給的錢供村木花用，村木爲了確保金錢來源，也默許典子繼續當情婦。這個嘛，那位貌似高階主管的老先生去年秋天就沒再出現，至於原因，大廈管理員也沒聽說……

家姊遭到侵犯時，小澤典子正在搶救病情突然惡化的癌症患者，可惜沒能救回來。那名姓藤原的患者，是在去年秋天住進醫院。可以請您拿他的照片，給小澤典子住處的大廈管理員看一下嗎？

對，就是照片上的這個人沒錯！原來他是製藥公司的總經理，怪不得看起來相貌堂堂……這樣啊，我還嘀咕著怎麼忽然不來了，沒想到是得癌症住院……

我想，現在可以告訴您，關於家姊此次遭受暴行一案背後的整體結構了。提到結構，這起案件的開端，正源於醫院的建築結構。這家醫院的醫護大樓，呈上下兩邊較長的コ字形，樓與樓之間夾著細長的中庭。兩棟樓互爲平行，病房窗戶一律面向中庭。其實，即使不知道醫院的結構，只要由家姊那句「從醫師去闔上窗簾的那一刻我就起疑了」便能推理出來。家姊的病房位在六樓，也是最高的樓層。在那麼高的地方還非得闔上窗簾不可，唯一的理由不就是擔心會有人透過窗戶看到家姊病房裡的情景嗎？實際上，從家姊的病房能夠看到對向那棟醫護大樓六樓的幾扇窗戶及屋頂，而正對面就是罹癌過世的藤原貞輔的病房。

那就是村木修三侵犯家姊的理由。家姊以爲村木闔上窗簾，是爲了避免被外面的人目睹室內即將發生的事情。的確，多數情況下，闔上窗簾的目的是不想讓外面的人看進裡面。可是，我在教英語會話的時候，反倒是爲了不讓在屋裡的小男孩，看到屋外那塊不入流的廣告牌，而把窗簾闔起來。於是我霍然發覺，原來窗簾也可用在遮擋室內的人望向外面的視線。那一天，村木在四點過後走進家姊的病房，伺機站到窗邊並闔上窗簾，就是出於相同的目的，也就是和一般情況恰恰相反的目的。無論如何，村木都不能讓家姊在那個時刻目睹窗外發生的事情。那就是他的未婚妻小澤典子，爲了終結六年來的情婦身分，在正對面的病房裡對癌症患者藤原貞輔做的某種事。

由此不難想像她在那段行蹤成謎的五十五分鐘裡，採取了哪些行動。我認爲，她約莫在四點前悄悄溜進藥庫偷走特殊藥物，預備妥當後，依照和村木商量好的流程，在四點十分左右進入藤原的病房，對他使用那種藥物。我不清楚細節，不曉得她是用注射還是強迫吞灌的手段，關鍵在於絕不能被任何人目睹，而且當天她能夠動手的機會恐怕只有那個時段。很可能是唯獨那個時段病房裡剩下病患一個人。理所當然，這兩個凶手最擔心的，就是殺人的過程被對窗的人看見。

假如能夠闔上藤原病房裡的窗簾，一切就沒問題了。不料，案發的兩天前，藤原以窗簾太髒為由送洗，雖然建議他掛上替代品，他卻表示喜歡享受冬日暖陽拒絕了。請回想一下山川醫師的證詞，他說在那個關鍵時刻，小澤典子頻頻看向家姊的病房窗口，注意力並未放在病情惡化的藤原身上——換句話說，至少在那個當下，**藤原那間病房的窗簾是沒有闔上的**。

我不禁感到奇怪，一定有什麼緣故導致那間病房無法闔上窗簾，經過調查得知，原來是窗簾送洗了。小澤典子想必勸過藤原掛上另一組窗簾，卻遭到拒絕。既然無法遮蔽藤原病房的窗戶，只好把腦筋動到對窗病房的窗簾上。

雖然從其他窗口也能望進藤原的病房，他們最擔心的還是正對面病房的家姊。假如是其他人，看到小澤典子的小動作也不會放在心上，頂多覺得護士在照料病患，可是，同樣的行為看在家姊的眼裡恐怕就大不相同了。家姊向來特別留意她的行為舉止，宛如擺在顯微鏡底下放大觀察，搞不好日後聽聞藤原的死訊時，會聯想到小澤典子當時的舉動，可說是一個風險極高的證人。況且，家姊平時就以看窗景爲樂，前一天還爲了想好好欣賞窗外風光，要求護士移動病床的位置。

如同內藤久江湊巧聽到的談話，案發當天早上，那兩人商量過該用什麼方法闔上家姊病房的窗簾，最後決定在典子進入藤原病房的四點十分左右，村木也進入家姊的病房，伺機闔上窗簾。萬一村木找不到合適的藉口闔上窗簾，就在病房裡做出絕不能讓別人目睹的行動，致使家姊誤會闔上窗簾的用意。那兩人不僅聯手謀殺藤原，也共同密謀了這樁強姦案。

村木闔上窗簾時，家姊曾對他說「請別拉上窗簾」，並且想拖著那條不方便的腿下床，走到窗邊。家姊形容村木的視線十分冰冷，我想，在那冰冷的視線背後，必定猶如遭暴風雨席捲般焦躁——萬一現在這個女人拉開窗簾，計畫很可能就會泡湯，得想辦法讓她乖乖待在床上才行。村木拚命動腦，目光偶然掃過家姊的腿，於是視線和注意力統統釘在上面。

同一時刻，隔著中庭的兩間對窗病房，兩個共犯各自犯下罪行：殺人，以及爲了掩飾殺人的強姦。即使犯下強姦的惡行，自以爲博得家姊青睞的村木，並不擔心家姊會控告他強姦。自恃甚高的他料定就算被告，平常的閒言閒語都在詆毀家姊，屆時可把過錯推到她身上。重要的是，不能讓家姊和其他人察覺闔上窗簾的眞正理由。爲了達成這項終極目標，暫時被冠上強姦犯的惡名，這點小小的犧牲他也只好認了。倘若我沒有查出在強姦案發生的時刻撒手人寰的藤原眞輔，和小澤典子之間的關係，那兩人必定已得逞。

他們殺害藤原眞輔的動機，想必會在警方進一步的調查中釐清。我猜想，可能是死期將近的藤原，不願意讓典子和村木結婚，於是威脅要在死前抖出一切。是的，如您所說，那名公司職員在走廊上聽到的咆哮聲並不是從家姊的病房傳出，而是發生在藤原眞輔病房裡的爭執。第一次到這家醫院的公司職員，只記得是六樓走廊盡頭倒數第三間病房，卻沒有發現，那其實是位於另一棟平行大樓的病房。這項證詞是一大隱患，那兩人察覺公司職員誤認病房，立刻改變說詞，把來自藤原的恐嚇嫁禍到家姊身上，試圖逃過一劫。

這些就是我知道的全部線索與推理。雖然躲在暗處的那兩人犯下比強姦更嚴重的罪行，可是，村木對家姊做的事絕不是輕罪。如果村木只玷汙家姊的眼睛就罷了，他竟爲了遮擋家姊的視線、不讓她看到案件的眞相，而玷汙她的身體。相較之下，慾火焚身侵犯女人的強姦犯還比他有人性，因爲他僅僅是爲了掩飾犯罪利用家姊——一個女人的身體。

當窗簾闔上的那一刻，村木修三也遮蔽了家姊人生的光明。

綺麗的針

窗下是一覽無遺的東京街景。

這一刻，進入我視野的樓群與街道，究竟是東京的幾分之一呢？

這棟高聳的大樓稱得上是摩天樓，從十三樓的房間窗口可眺望到很遠的地方，只是人類的視野有限，能容入眼睛的只有東京的其中一塊，然後窗戶又再將之分割爲更小的一塊。

然而，相較於能夠親眼看見東京的這一部分，我更喜愛東京那些看不到的、藏匿於死角的其他部分。**那些眼睛看不到的部分**，總爲我帶來無邊無際、直到永遠的美夢。十歲就識破現實全貌的我感到身心俱疲，正是那些看不到的部分帶給我夢想，宛如一支綺麗的針刺激著我的想像力，促使我想起生命的璀璨。也因如此，在必須決定大學畢業的出路時，我不假思索地選擇了這個職業。

高橋諮商中心——擁有此一名稱的這個房間裝潢得非常知性。猶如冰冷金屬般的淺藍色牆壁、陳列於書櫃的心理學相關書籍的書背上寫的全是英文或德文，以及講究簡單便捷的患者用小床——在這個一切盡皆乾燥而毫無色彩、感覺不到活人氣息的房間裡，再過一分鐘，我即將展開一場搏鬥，從患者身上掏出其最貼近人性的本質。

短短的一分鐘內，我在這個房間裡唯一取材大自然的大木桌前面……不對，是背靠著大木桌，漫不經心地遠望著東京的其中一塊，彷彿對於即將踏入這個房間的患者，以及將要進行的日常工作，均已感到無比厭煩似地背對著房門和木桌，坐在旋轉椅上以四分之一的角度左右扭動，而每一次的扭動也使得窗外的街景隨之擺盪……

日落將近，但依然白亮的暮色，把比這個房間更無色彩、更乏味的東京其中一塊，烘托得比平時更爲柔和，看起來也更爲辛酸。

房裡的日光燈發出的透明光線，將這個房間和我的面孔一起映在玻璃窗上的東京街景當中。四十六歲、摻著幾綹白髮的這張面孔，兼具知性、權威與和藹，在在顯示出這份工作猶如我的天職……

門突然打開，一個年輕女人沒敲門就逕自進來。

「請坐在那張椅子上。」

我頭也不回地告訴她。

大概是看到我背對著她而一時不知所措，女人的神情有些詫異與遲疑，怔在原地好幾秒，才走向那張椅子，客氣地沿著椅面邊緣坐下。女性患者都是這樣的，或者應該說男性患者也一樣，先是不知如何是好地站在原處，然後才客氣地坐下。

我沒有馬上回頭，繼續觀察著映在玻璃窗上的那張女人臉孔。今天的這名患者，給人一種比實際年紀更爲成熟的印象。頭上那不配稱爲髮型的馬尾，還有讓人聯想到中小企業辦事員的呆板眼鏡，我當下就認定她屬於多數男人不願搭理的女人類型。

與此同時，我也一眼看出只要摘下那副眼鏡，一定會露出一雙可愛的眼睛，只要解開髮圈，一定會有一頭柔順的秀髮披散於肩膀。我甚至看透裹在那襲不知爲何而穿的枯燥服裝裡的是，豐腴的肉體和無暇的雪肌……

我將椅子緩緩轉回半圈，面向那名患者。是的，我總是稱**她們**爲患者。我提醒自己這個房間並不是醫院的診間。人們來到這個房間，只是爲了讓飽受都會生活折磨煎熬的那顆心得到片刻療癒，像倒垃圾般傾訴不能說給別人聽的許多話語。

依工作的內容而言，其實應該稱爲顧客，可是這些年來，我一直稱**她們**爲患者。當然，僅僅是在心裡這麼稱呼而已……

不過，我要求患者稱我「醫師」。雖然我並非擁有專業資格的醫師，多少有點畏首畏尾，但畢竟這份工作最重要的就是得到患者的敬重與信任。

我注視著來到房間的患者，露出和藹可親的笑容好讓她安心。並且，我從這一刻起，將會愛上我的患者以及這份工作，直到結束我同樣私自稱爲「療程」的完整程序，患者走出這扇門爲止……

「請放鬆，什麼都不必擔心，拋開一切緊張的事物，只要相信我，把所有情緒都交給我就好。很好，不單是情緒，還有身體也是……」我對患者微笑，慢慢說出慣用的開場白，「首先，請務必牢牢記住這一點——現在這個時代，人人都有形形色色的煩惱，不是只有妳而已。每個人都覺得只有自己不幸，別人看起來都很幸福，唯獨自己焦急而孤單地被排除在外。其實大家都是這麼想的，毫無例外。事實上，連我也覺得自己是世上最不幸的人了，日復一日窩在這個單調無聊的房間裡，重複著類似的對話……我愈來愈沒自信，腦子裡無時無刻都有想辭職的念頭。我看起來不像是這樣的人吧？」

爲了讓患者放寬心，我說了這段話，保持微笑。

這段話的效果立刻顯現，患者推了推眼鏡，安心地點點頭，淺淺一笑。

「要不要摘下眼鏡？視力大約多少？」

「一邊是0．2，另一邊是0．4。」

「那麼，這麼近的距離不戴眼鏡也看得到我的臉吧？」

「可以……」

患者略帶猶豫地回答，最後還是摘下眼鏡，露出一雙圓滾滾的眼睛。雖然稱不上動人，但和想像中一樣，彷彿被褪下衣裳的赤裸雙眼，嬌羞地望向地面。依我的診斷，這名患者戴上眼鏡的目的是掩飾自卑。即使不戴眼鏡，0．2與0．4的視力應該不至於造成生活困擾。爲了藏起自卑感，她想方設法讓自己看起來不漂亮，包括不化妝、戴眼鏡，以及不吹整俏麗的髮型等等……

「眼睛那麼美，爲什麼要戴眼鏡呢?!」

爲了強調深受震撼，我刻意在句尾同時用上帶著問號和驚嘆號的誇大語氣，試圖從這個角度切入，探索她的內心。

「是不是不戴眼鏡就無法保持心情的平靜？」

我接著提問，不著痕跡地瞥了眼牆上的時鐘。從患者進來到現在已過十五分鐘。多數患者不會立刻被我的微笑迷惑，往往是嘴巴緊閉、眼露警惕地觀察，但經過十分鐘，便在我的引領下主動開口說話。然而，這名患者不太尋常，不論我拋出什麼話題，她始終惜字如金，眼中的警惕不曾稍減。我有些不耐煩地瞟向桌上的內線電話。這個房間的隔壁有一處小小的待命室，通常有個年輕的男助理坐在那裡，巧的是他剛才說有事要辦，向我請假一個小時左右。不過就算他沒請假，我也會找藉口趕他走，今天運氣還眞不錯。不光如此，憑我多年養成的第六感，一眼就看出這名患者的類型正符合我的期待。惱人的是，寶貴的時間一分一秒地不斷浪費。我悄悄打開內線電話的開關，以便在助理回來時馬上聽到開門聲和腳步聲，可是算算只剩四十五分鐘他就要回來……不對，剩四十四分鐘而已。我能否在如此短暫的時間內，爲這名患者做完常規療程？

我將焦急的情緒完美地隱藏在微笑中，又一次問了這名三緘其口的患者同一個問題。這回她依然不發一語。沒想到，就在我準備換個問題時，她突然開口：

「我不想被男人看到……」

不同於稍早前那段冗長難耐的沉默，女人的語氣十分堅決，充滿防備的眼神換成向我挑釁的凌厲目光。男人？或許我在這女人的眼中是個男人吧。這是很好的跡象。此一答覆也在我的預期內，說不定可以比剛才擔憂的進度提早接近她煩惱的核心。好極了，今天的運氣實在不錯……

女人射向這邊的視線裡充滿針對我的敵意，或者應該說，她的敵意針對的是我身爲男人的性別。然而，即使她試圖掩飾那股敵意，也絕瞞不過我這雙鷹眼。只要瞄一眼，我就能識破潛藏在那股敵意底下的慾望。

慾望——這是我最鍾愛的詞彙。每當在心裡默念這個詞彙，我總會想起破曉時分的地平線。在黑暗海底沉睡的太陽漸漸甦醒，只在天空低處泛著微微的白光。這個女人體內最幽深的地方，也沉睡著同樣的東西。只消再過十五分鐘，我的手就能輕柔地喚醒它。她們都佯裝十分厭惡「慾望」這個字眼，但在接受我施予的療程後，應該就會和我一樣愛上這個詞彙。

這個女人想必也不例外……

「是啊，可以想見像妳這樣的美女，經常要忍受許多男人色迷迷的眼神，早就不勝其煩。我能體會那種感受。」

「不，我算不上美女。」

女人嘴裡否認，但我的這番話顯然讓她的表情緩和下來，眼中也不再有敵意。

「不過……」

「不過什麼？別擔心，想說什麼儘管說出來，話憋在心裡會形成壓力。傾訴是人類的本性，而且是人人都有的本性，所以不需要害羞。說出來，保證妳心情舒暢。」

女人儘管點著頭，似乎還是無法提起勇氣。她像磨損的唱盤，一再跳針重複著「不過……」這個字眼，所幸在我的微笑鼓勵下，她終於下定決心，一口氣說出一長串句子：

「不過，我現在雖然不是美女，可是小時候長得漂亮又可愛，大家都十分疼我。」

女人彷彿不敢相信自己居然說出這番話，呆了幾秒，長吁一聲。她終於拔除喉中之鯁，想必暢快無比。

「我那時候真的很漂亮，簡直像小天使，所以很喜歡照鏡子。只是，那些都是往事了。」

「現在也很漂亮！」

「您過譽了，現在的我和三十年前根本無法相提並論。」

我頓時愣住。她看起來那麼年輕，眞的三十好幾了嗎？

「那是幾歲的事？」

「六歲。生日那天，爸媽給我穿上一件雪白的蕾絲洋裝，頭髮還插上花……來家裡爲我慶生的人，看到我的美貌，一個個都目瞪口呆。」

我頻頻點頭表示贊同，接著不經意地問：

「忘了請教年紀，請問貴庚？」

「剛才提過了，今年三十六歲。」

實在看不出她已是那個年紀。雖然素著臉，氣色有些黯淡，但富有彈性的膚質仍像不到二十五歲的女孩。我有些失望，隨即透過想像那件單調的灰色毛衣底下的肉體，重新振作精神。她的肉體一定和臉蛋同樣青春常駐。從她對男人抱持敵意這一點看來，恐怕還不曾嘗過魚水之歡。不，不對，想必她與男人發生過某種不愉快，並且是足以對男人徹底幻滅的悲慘經歷……

「到幾歲之前還覺得自己很漂亮呢？」

「從六歲到……十二歲，也就是到小學畢業爲止。從某一天起，突然沒有人注意我，而我也不再照鏡子了。不……」女人以一種既緩慢又激烈、看起來很不尋常的方式搖頭。「不是的，後來大家依然會注意我，可是眼神變得和那時候完全不一樣……他們用眼睛譏笑變醜的我，所以我必須戴上眼鏡遮住面孔，否則心情無法平靜下來。」

「所謂的『那時候』，是指十二歲的時候吧？」

女人點頭頭，再度流露有所防備的眸光，那種光芒猶如在黑暗中慢慢靠近的小手電筒。她唯恐我會在「那時候」這個問題上刨根究底，而我當然是使出面帶微笑以及磁性嗓音這兩項利器乘勝追擊。

「十二歲的時候是不是發生過什麼事？那件事導致妳後來害怕男性的視線——也就是對男性的看法變得全然不同……」

女人恰巧迎上我的視線，旋即慌忙別開。她陷入沉默。

「現在的妳一樣很美。事實上，妳的容貌應該和小時候沒有太大的變化。我猜測，妳可能是遭受過某種嚴重的打擊，造成心理狀態不平衡。其實妳並沒有變醜，只是希望男性覺得妳長得醜而已……」

女人微微搖頭。其實她想點頭，我能夠看穿她自己無法察覺的深層想法。這份工作做久了，使我把每個人都看成一部由相同零件組合而成的機器。只是，這部機器太複雜，連本人都不曉得自身內部有哪些零件。比方這一刻，這個女人搖搖頭，僅是表面的零件單純地移動，體內的零件不僅完全體認到自身的美麗，也期望男人投注一如以往的視線。不單是視線，她甚至殷切企盼著男人的手能夠伸向自己。

說到機器，女人是一部多麼美麗的機器哪！

毛衣掩不住胸前的隆起，沿著毛衣往下到黑色裙子之間的玲瓏腰線，接著是從裙襬露出的美腿。

我尤其偏愛躲在裙襬底下的大腿根部，那處狹窄的黑暗。我喜歡想像那藏於死角，爲更濃密的幽暗遮覆的美麗零件……

這個女人裙子的顏色樸素，但長度很短，看得到幾公分的大腿，表示她其實露骨地渴望男人的視線和觸摸。安靜的女人還是沒有看向這邊，但仍擔心我會不會已揭穿一切，不時睇來一眼，觀察我的動態。

趁著女人別開視線的空檔，我偷窺那夾在兩腿間逼仄的幽暗之境。還剩三十六分鐘，差不多是時候進攻核心，否則來不及做完療程。

「譬如，妳是不是在十二歲的時候，在性方面受過男性的騷擾……？」

女人拚命搖頭。可是，這個舉動反倒證明我問對問題。

「妳聽過佛洛伊德吧？一般認爲他的學說已過氣，不再是主流，但根據他的理論，一個人在性方面的經驗將會影響日後的行動，甚至決定一生的發展——這項見解我可是舉雙手同意，至少我遇見的人都是如此。即使是某種無關緊要的小習慣，一旦追溯分析當事人從前的經歷，最終仍會發現與小時候在性方面的短暫經歷有所關聯。」

女人又搖搖頭。

「一旦提到性方面的話題，尤其像妳這樣的年輕女性，往往難以啓齒，這我可以理解。一般情況下，人們根本不曉得究竟是從前的哪一段經歷，和目前的煩惱有因果關係，通常得費盡千辛萬苦才能找出來，但以妳的狀況，應該不難解決。」

「怎麼說？」

女人反問的時候依舊躲避著我的目光。她的聲音和身體都有點發抖。

「妳應該已察覺是哪段經歷造成的……只不過，那是一段妳想封印的經歷，不願意承認眞實發生過，對吧？只要妳願意面對，馬上就能掙脫束縛，重獲自由——」

還沒說完，女人霍然轉向我，打斷我的話，挑釁地問：

「既然如此，醫師呢？您說每個人都是如此，表示過去也有某種經歷嘍？」

她帶著挑戰的目光，彷彿化爲一支粗針朝我射來。上一秒還憂心忡忡的她陡然變了個人，所幸我處變不驚。這代表我想像的畫面應該完全正確，在我的一路追趕下，她再也無力防禦，不得不轉守爲攻。這種例子可說是屢見不鮮。我從容地在臉上堆出比方才和藹的微笑看著她。

「我正想說，我也是如此……若是認眞起來，一時半刻還說不完，挑其中一件說給妳聽吧。不曉得爲什麼，我一口渴就想抱女人。即使走在路上，一旦覺得口有點渴，立刻會產生性衝動。就算是像這樣與人交談的期間，也可能發生那種情況。」我含笑凝視著女人。「當然，我會以理性壓抑衝動。剛才提到『不曉得爲什麼』，事實上經過自我剖析，我已釐清源頭。那件事發生在我很小的時候，花了好長一段時間才憶起。有一回，我拿杯子去倒水喝，不愼手滑，就在杯子落地的瞬間，那段記憶甦醒……事情發生在我剛懂事的年紀，某天我半夜醒來想喝水，於是走向廚房，途中經過爸媽的臥房，突然聽到一種從沒聽過的聲音，是女人發出的……我覺得奇怪，從紙門上的破洞窺看，房裡只有爸爸和媽媽，兩人的身軀交纏，正在從事性行爲。當下我自然不明白那是什麼行爲，幼小的身軀充滿好奇與害怕，卻仍盯著爸爸臉上不曉得是哭還是笑的扭曲表情，媽媽又不斷發出像是另一個我不認識的女人的聲音……最後我水沒喝就回到被窩裡，可是全身漸漸發燙，喉嚨更是愈來愈渴，一整個晚上輾轉難眠。這件小事我早就忘了，卻仍完整儲存在意識的最底層，直到將近四十年後的今天，每當口渴我就會聯想到性行爲，兩者宛如以鎖鍊綑綁般緊密。是的，直到現在依然如此……」我又一次凝視著女人。「唯一不同的是，自從找回那段記憶，我內心的恐懼就消失了。以往的恐懼，只是不明白也無法解釋，爲何每次口渴都會引發性衝動。」

我將手裡的筆擱在桌面，離開椅子，繞到木桌的正面。女人的視線始終盯著我，甚至在我往後輕靠在桌緣時，她仍抬頭望了我幾秒，才低下頭。我的下半身就在她的眼前。儘管還有約一公尺的距離，但有一瞬間，她的視線鎖定在我的那個部位。她隨即察覺失態，趕緊轉頭看向旁邊。

「坦白說，爲了消除妳我之間的隔閡，還有一件事非告訴妳不可。」我假裝沒察覺她的眼神，緩緩開口：「這件事說來讓人羞愧，我會盡量拿出勇氣。請答應我，聽完妳也要把自己的事說給我聽。」

「說什麼？」

「妳現在想說，卻說不出口的那件事。」

女人本想反駁，對上我的眼睛後就沒再多話，遲疑片刻，終於輕輕點頭。我鼓勵似地點頭，談起一段往事：

「同樣是我小時候的事。記得是小學四年級的暑假，我去了在長野的外婆家。一天，家裡只有我和小我兩歲的表妹。她在鋪著榻榻米的大房間午睡……」

我接著描述，表妹往上翻掀的裙襬底下，露出一雙幼小的細腿，並且微微叉開。

那個大房間卸下門板與紙門，充斥著一股在城市聞不到的濃濃青草味。那是曝晒在太陽下的青草化爲綠色火焰熾烈燃燒的味道，以及農村老屋朽蝕的木材散發的氣味。挑高天花板的橫梁上方昏昏暗暗，連白天的陽光也射不進來。我額前冒出的汗珠，還有披散在榻榻米上的少女短髮……

包括外婆家在長野、去那裡度過幾次暑假、有個小兩歲的表妹，以上這些事都是眞的，但接下來的情節就任我發揮了。我仍直盯她的眼睛，稍微加快說話的速度。

溽暑的太陽西斜，把少女的腳趾照得白亮的光線，漸漸往上爬到小腿。由於少女的一雙腿晒得黑黝黝，得以清楚看出光線的移動：先從腳踝到膝蓋，再由膝蓋到大腿……那銳利又灼熱的光線，晒得她腿部肌膚益發焦黑。

「那道光線彷彿要撥開兩條腿似地一路向上，照進藏躲在裙襬裡的暗處，我窺見白色底褲……至於底褲裡裏著什麼，以我當時的年紀自然並不清楚，但我依舊坐在榻榻米上愣愣看著那個部位。我不明白爲什麼看著那裡身體會愈來愈熱，甚至快冒出蒸氣，我也不知道下半身發生的變化究竟意味著什麼。陽光慢慢撩高裙襬，底褲看得更清楚了……我以爲是那樣，根本沒有意識到掀開裙襬的其實是自己的手指。從額頭滴落的汗液，在底褲留下斑斑點點的水漬……我還是沒察覺到那是自己的汗印，以爲是被她身上的東西濡濕。」

理所當然，我談起這種話題不是要幫助這女人放鬆，而是爲了給予刺激。我非常瞭解，像她這樣的女人對言語的挑逗毫無招架之力，尤其是這種讓人臉紅的故事更容易激發出無比的想像力。剛才那番話必定如同一根尖針，戳進她最敏感的部分了。

證據就是，她氣得橫眉豎目，簡直要一口咬掉我這顆腦袋似的，仍朝我身體的下方瞅了三次。雖然只有匆匆一瞥，但每一次都被我逮個正著。那別有居心的目光恰恰符合我心中的期待——一種晦暗而濕潤的目光……

我佯裝沒發覺，伸手輕輕撫過自己的大腿內側。那雙眼睛顯得益發濕潤。聆聽的過程中，女人屢屢搖頭，彷彿懇求著「別再說下去了」，但我很清楚她其實等不及想知道後續的情節。幸運的是，我擁有低沉溫柔的嗓音，於是我將話聲放得更低、更柔，並將那根言語的針研磨得加倍鋒利。

「就這樣，不曉得什麼時候，手指滑進她的底褲……到現在我依然記得那女孩身體的奇妙觸感。摸起來有點硬，但和我們男人的身體又是截然不同的硬度，在手指緩慢搓撫下彷彿會逐漸變得柔滑，甚至融化……我留神避免指甲刮傷那細嫩的肌膚，一邊慢慢探進手指。儘管不知道接下來會遇到什麼，但我有把握一定會探觸到某種東西……前進一點點……再前進一點點……傳入耳中的唯有她酣然入睡的鼻息，恰恰與我囁嚅著『還剩四公分、三公分、兩公分』的呼吸完全疊合……很好，還剩一公分——」

「別再說下去了！求求您……」

女人呻吟似地哀求。她大概把我的聲音想像成探入自己底褲摸索的手指，細小的嬌喘使她的胸脯如波浪般起伏。

「既然要我停下，就按照剛才答應的條件，換妳來說。」

女人先是搖頭，隨即改變心意，輕輕點頭。她咬著手指，像是企圖掩飾依然紊亂的呼吸。從那難以自持的舉動，我感受到她體內的煎熬。女人抓住裙襬往下拉，想盡量遮住大腿，但那發顫的指尖，洩漏她渴望露出更多大腿的衝動。

「請躺到那張床上，躺著比較容易把話說出來。」

這段話重複了三遍，女人還是沒站起來。我正打算走過去，她突然開口：

「我要畫圖。」她嘴裡迸出這麼一句。「一想起**那時候**的事，腦海總會浮現一幅圖像，很奇怪，我也無法解釋爲什麼……我想請您分析一下，那究竟代表什麼意義。」

還剩三十二分鐘。我心裡著急，可是女人說很快就能畫好，我只得掃視桌面一圈，找出筆記本和筆遞過去。女人握筆的手指微微發抖，仍沒花多少時間就完成。她遲疑片刻才交給我。我一看，險些皺起眉頭——紙上浮著幾個亂塗黑的葉狀色塊，根本看不出她畫的是什麼。

「這是什麼東西？」

「我就是不知道，才想請您幫忙解析。」

我暗自抱怨簡直浪費時間，旋即靈機一動，想到恰好可以利用這張圖。

「依我的解讀，這些像樹葉的東西應該是手。手，象徵著性。我認爲妳對性非常飢渴，只是，一方面飢渴，另一方面卻又強烈抗拒。沒錯，這些是男人的手。妳有多渴望男人的手都能伸向自己，就有多排斥這項舉動。可是，何苦如此折磨自己？對性的好奇，坦白說就是慾望，這種情感人人皆有，很正常，沒有的人才不正常，絲毫不必害羞，更不必感到罪惡。就拿我來講吧，剛才把敘述那個故事時，我一點都不覺得難爲情。」

還剩二十九分鐘，再拖下去絕對來不及。

「好了，躺到床上吧。」我親切摟著女人的肩頭，帶她到角落的折疊床旁。大抵是剛才那番話奏效，女人露出稍稍放心的神情，聽從我的指示，老老實實躺上床。

「全身放鬆，腦袋放空，相信我就好，將一切都交給我……」

儘管還有些躊躇，女人仍點點頭，聽從鬆開馬尾的建議。我伸手到她毛衣底下，解開胸罩鉤釦的時候，她也完全沒有抵抗。

「好，慢慢說出**那時候**的情景吧。」

女人緩緩睜開眼睛，凝視著從上方俯視的我，點點頭，卻無法下定決心，好似唱盤不斷跳針，重複著壞軌處的那一句「十二歲那年……」。忽然間，她用力嘶喊：「十二歲那年我被哥哥侵犯了！」突如其來的吶喊，害我險些跌坐在地。

「十二歲生日那天，由於整晚都是慶生會上的矚目焦點，我覺得有些疲倦，於是回房間躺一下，然後哥哥進來了……」

話語猶如潰堤，從女人雙唇之間滔滔滾出。由於太激動，她的嘴唇甚至數度痙攣。

「過程如同您剛才述說的故事。我閉起眼睛躺著休息時，忽然感到一陣燥熱的風鑽進水藍色洋裝底下，慢慢掀起裙襬……那一晚，穿著水藍色花洋裝的我漂亮極了，每個人的視線都牢牢釘在我身上，我覺得自己像個洋娃娃……不久，有隻手像您形容的那樣，探進我的底褲……可是，我心想自己是洋娃娃，不可以亂動……」

女人的臉和身體不斷顫抖，儘管如此，她仍緊緊抓著床緣，只用視線狠狠剜了我一眼。

她看到的那張臉並不是我，而是二十幾年前的哥哥。那對圓溜溜的瞳眸怕得發抖。不單是恐懼，讓那對瞳眸怕得發抖的元凶絕不僅僅是恐懼。

「沒關係，別害怕。」

我溫柔的氣息呵在她的臉上，伸出同樣溫柔的手，覆在那起伏不停的胸脯輕輕撫摸著，試著平復洶湧的波濤。

「我哥哥也這麼說。他說沒關係，別害怕……我點頭了。雖然不曉得他要做什麼，只覺得既然自己長得那麼漂亮，無論他對我做什麼都必須接受……他說，長得和我一樣可愛的女孩都會乖乖接受……」

不出所料，女人沒有撥開我的手，而是順從地接受我溫柔的摩挲。她的身體慢慢放鬆，眼裡的懼色也轉為安心，甚至逐漸變成喜悅。那羞以啓齒的歡愉，使她的眼睛泛起濕潤的眸光。即使隔著毛衣也能明顯看出，我的每一次摩挲，都會讓她渾圓的胸脯變得更為鼓隆。

「妳哥哥這樣做過吧？」

我的手順勢往下滑進裙子裡。女人的身軀倏然一僵，但也只僵了一剎那。

「一點也不必害怕，妳哥哥對妳做的不是什麼壞事，而妳像個洋娃娃一樣接受也沒有犯錯。」

我又給了她和藹的微笑。不過，相較於微笑和話語，她從我摩挲到腿根的手指獲得更深的撫慰。雖然她仍睜著眼凝視我，神情卻像睡著般平靜。手指碰到底褲了，薄得好似第二層皮膚的底褲。我畫著圈輕撫，彷彿要從指尖的觸感得知那件底褲是什麼顏色。忽然間，有股衝動湧上來，我恨不得一把抱住這個穿著底褲的女人，撞破那層底褲，闖進她的裡面。「妳哥哥這樣做過吧？」我又一次，不，是一而再、再而三地重複著這句話，並將手探進底褲。那片薄布猶如另一層皮膚，而我的手指就在皮膚與皮膚之間的縫隙穿梭前進。很快地，一種比頭髮還要細柔的觸感纏上手指。我以指尖逗弄著茂密的纖草，不禁有些懷疑竟然如此毫不費力就抵達終點。女人身軀感受到的歡愉將草叢震得抖顫，像是翩翩微風吹拂，伴隨微風而來的，是一陣暖雨澆濕了這片地。我的手指感受到藏身於幽暗中的細草上，沾著舒心愜意的濕氣。

女人身軀的濕潤，也從眼眶盈溢而出。通常這種時候，我喜歡女人沉睡般閉著眼睛，於是我告訴女人，等她閉上眼睛以後，手指才一路直奔那一處。女人唇間呼出熾熱的呻吟，緊閉的眼框滲出淚液似的水滴。那白色水滴沿著披覆耳上的髮絲淌落。與此同時，我褲子裡的幽暗之處，從女人走進房間就蓄積的東西也溢了出來，一樣化爲濃濁的白色液滴淌落。我不再擠出和藹的微笑，慾望使我面目猙獰，我迫不急待地用自己的嘴堵上女人的唇，並以手指撥開她下身那緊貼的唇瓣……

就在這一瞬間，女人冷淡而拘謹的聲音傳來：

「請問有什麼需要幫忙的嗎？」

我猛然望向時鐘，還剩十九分鐘。女人依然坐在椅子上，一臉莫名奇妙地看著我。有那麼一瞬間，我不相信已回到現實，以爲只是展開另一幕幻想。什麼事都還沒發生，一切只不過是我腦海裡的想像，我居然爲此浪費將近十分鐘。沒時間了，得快點才行——我手裡仍捏著女人那幅愚蠢的圖畫。糟糕，我是什麼時候開始神智恍惚的？我壓抑心中的焦躁，和藹地問：

「生日那天的事才講到一半吧？」

「生日那天的事？」

「是啊，妳的十二歲生日……」

這麼說，我還沒向她問出任何線索？還剩十七分鐘，實在沒空再慢慢問。不知道什麼時候女人又戴上眼鏡，從鏡片後面射來冷冽的目光。我已來不及讓那雙眼睛變得濕潤。

「那就來聽聽妳的心聲吧，先躺到那張床上。」

我邊說邊靠過去抓住女人的肩膀，她拚命搖頭，試圖甩掉我的手。女人露骨地表示厭惡，和想像中全然迥異的畫面令我感到猶豫，但我仍使出渾身的力氣，把不停反抗的女人箍在懷裡，拽向折疊床。椅子被踢倒，女人的哀號撕裂了在日光燈的掩護下，匍匐潛入房裡的暮色。

「沒關係，別害怕。」

我把女人推倒在床上，摀她的住嘴，如此安撫道。我又給了她溫柔的微笑，可是，從我手掌上方露出的那雙眼睛，卻怕得抖個不停。沒關係，只要再等三分鐘，那雙眼睛將不再有恐懼，而會換成安心，進而變成喜悅……我的兩隻腳用力夾住她不斷踢蹬的一雙腿，並且一再安慰自己別害怕。這種女人都是一個樣，我的手伸入裙子就會安分下來。我用頭和左手牢牢壓住她的身軀，騰出右手塞進裙子裡。本來被我的右手摀住嘴的女人，再次放聲大喊，尖叫聲迴盪在房間裡。女人的瞳眸由於恐懼而突出。我顧不得慢慢摩挲她的大腿，使勁抓住底褲……

就在這一刻，我聽到開門聲。不是這個房間的門被打開，而是桌上的內線電話傳來隔壁待命室開門的聲響。我頓了一下，女人逮到機會用力推開我，衝向房門。下一秒，門口已看不見她的身影。

我從地上慢慢撐起身體，檢查額頭有沒有被椅角磕傷。

「您怎麼了？」

助理的聲音透過待命室的內線電話傳來。

「我被那男人攻擊了！」

女人上氣不接下氣的聲音，同樣從內線電話傳來。

「幸好你提早回來，再遲一點恐怕我就會……」

「到底發生什麼事？」

「我也不知道該怎麼講。一開始，我就覺得那個**患者**有點奇怪。你先帶他進去，要他在裡面等，對吧？等你離開後，我進去一看，他居然坐在我的椅子上，要我稱他『醫師』，一副高高在上的態度，好像他才是負責治療的人……然後又問了我好幾個問題……可是，我們這種心理諮商的基礎就是讓患者暢所欲言，因此我有問必答，讓他盡量說出心裡的話，並且持續觀察。我順利引導他說出關於性方面的兒時經歷，接著畫圖請他回答聯想到什麼……透過這些常用的方法測試，我認為他應該是在童年目睹了父母的性行為，導致對性產生異常感受……後來他突然不說話，失焦的眼睛望著虛空，大約持續十分鐘才回神，嘴裡念念有詞，還把我推倒在床上……」

這段話結束後是一聲長嘆。

「是不是該報警？」

「也好，還是報警吧。我應該不是他第一次下手的對象，他很可能是專門鎖定從事這種職業的女性的變態……像他那樣的患者，最好交由專業精神科醫師診療。」

話聲繼續傳來。

「諮商師，您不是時常自我告誡嗎？您說自己只是一名心理諮商師，使用『患者』、『治療』之類的名詞不太恰當。」

「對不起，我剛才驚嚇過度一時疏忽，再加上這位顧客實在太特殊。總之，快打電話通知警方吧。」

冷漠的聲音又說了一段話，接著傳來反鎖這扇房門的金屬聲，以及撥動電話轉盤的機械聲。

我坐回旋轉椅，望向窗外。才過沒多久，天空已降下夜幕，唯有閃爍的霓虹燈供人想像這座城市。我酷愛能將所有景物統統變爲死角的夜晚。我熱愛霓虹燈光勾勒出隱身黑暗的城市的這個瞬間。懸浮玻璃窗外的夜空中，這個房間猶如一座發光的牢籠，把我當成囚犯、當成重症患者似地囚禁起來。錯了，她們才是患者！包括那個精神科女醫師，還有那家諮商中心的五十歲單身女心理諮商師，那些傢伙根本是將慾望壓抑在面具般的冷淡表情底下，擺出一副道貌岸然的嘴臉！扯下面具讓她們恢復成平凡女性是我的使命，是我的義務，是我一生的志業，更是我的職業！……我臉上依然掛著微笑，露出十分和藹可親的微笑……

暗路上

從坐進車裡的瞬間，山岸就感受到司機那極爲戒備的目光。

事實上，司機一次都沒有回頭看坐在後座的山岸，而且從後座的角度也看不到背對著自己的司機露出怎樣的眼神。

司機只在山岸剛上車時瞥了一眼車內後視鏡，接下來就不曾再看車內後視鏡，可是，從緊繃的肩膀線條感受得到他異常緊張。

車內照明燈關閉後，只剩一片黑暗。對向車道不時交錯而過的汽車前燈，光線掃過司機的上半身，沒照到光的後腦杓至背部猶如剪影，顯得格外幽黑。

司機看似全神貫注地凝視前方黑夜裡的高速公路，背影卻聚精會神地打量乘客的來歷。

山岸有這種感覺。

從板橋區的郊外攔下這輛計程車，到現在已接近十五分鐘，可是抵達位於熊谷的住家還要一個多鐘頭。

再過不久就十一點了。

山岸透過手表上的夜光指針確認現在的時刻，將身體挪向與駕駛座相反側的左後方車門（註）。

註——日本國產車的駕駛座一般位於右邊。

這是爲了觀察司機的表情。

可惜，從斜後方依然無法窺見司機的長相。

副駕駛座旁邊的識別證上有姓名與相片，但車裡太暗，看不清楚。

司機的面貌隱藏在駕駛帽和夜色中，宛如一具黑色機器人。其實，他僵硬的身軀彷彿由黑色金屬鍛造而成，只有握住方向盤的雙手微微動作。

在山岸的眼裡，這代表司機十分緊張，隨時提防著後座的乘客，亦即自己。

假如司機願意開口說一句話，或許可猜出大致的年齡，但他始終三緘其口。沉默的氣氛益發凝重，山岸根本找不到搭話的時機。

從車用收音機裡流瀉出的流行歌謠，企圖衝破充斥在車內、由沉默與暖氣交織而成的不溫不熱的黑暗，然而，黑暗卻不停吸吮著女歌星陰鬱拖沓的歌聲，逐漸膨脹擴大，導致那股沉默帶來的壓抑，以及不溫不熱的感覺，愈來愈令人難以忍受。

車外是冷冽的寒冬，山岸的掌心和脖子卻微微冒汗。不是因爲車裡開著暖氣，他的體質連在盛夏時節也鮮少出汗。

別疑神疑鬼了……

山岸一再告誡自己。

司機並沒有懷疑我是計程車搶匪，只是生性寡言，很多司機不也都像這樣少話又不熱絡嗎？

退一步講，就算司機眞的起疑，害怕的也應該是他，而不是我吧……等一下……沒錯，司機的確感到恐懼，他的確懷疑我是計程車搶匪。

就在我坐進來、車子發動行駛不久，廣播電台的歌唱節目突然被播音員語調單一的聲音打斷。

「現在爲各位聽眾插播一則快報。稍早前報導過的計程車連環搶案，目前有最新進展。警方認爲，今天晚上九點發生在練馬區豐島園附近、九點半發生在和光市，以及十點過後發生在板橋區的計程車搶案，是同一人所爲。根據第三起板橋搶案的被害者野川孝治先生提供的線索，嫌犯約四十歲、身材非常瘦小、穿戴藍色大衣與黑色圍巾，拎著一只黑色提包。嫌犯在板橋區攔下野川先生駕駛的計程車，告知開往銀座，於車子行駛一段距離後藉口遺漏物品要求折返。待車子開回上車地點停下，嫌犯以扳手狀的鈍器伺機攻擊野川先生的後腦杓，所幸野川先生及時閃躲，沒能得手的嫌犯立即脫逃。關於被害者的狀況，第一起搶案的被害者津村康宏先生不治身亡，第二起搶案的被害者石上春雄先生重傷住院，第三起搶案的被害者野川先生耳部的傷勢估計兩週才能痊癒。嫌犯逃離野川先生的車子，再次搭乘計程車的可能性相當高，請各位駕駛朋友務必提高警覺。」

插播結束後隨即播放一首輕快的流行歌謠，然而，新聞快報的一字一句無不烙印在山岸的腦海裡，也迴盪在車內的黑暗中。或許比起山岸，每一句話都更讓駕駛這輛計程車的男人心中的恐懼迅速蔓延開來……

巧合的是，山岸就是在板橋區的郊外攔下這輛計程車，而且他身上同樣穿戴藍色大衣和黑色圍巾，拎著黑色提包。還有，他長得既矮又瘦，現年四十三歲。

巧合的還不止這些。

現在大衣遮住了看不見，其實底下的西裝和襯衫沾染大量的血跡。

這不是行凶時噴濺的鮮血，而是談分手時大吵一架，那女人突然拿菜刀割腕……

這時候行駛在東京周邊的計程車上，同樣穿戴藍色大衣與黑色圍巾，並手拎黑色提包的男乘客絕對不止幾十人，甚至有幾百人吧。

別再疑神疑鬼了。

山岸在試圖否定卻又無法完全否定之間來回搖擺，焦慮的情緒一波波衝擊著胸口。

即使衣著相同的男人有幾百個，可是穿著這身服裝在案發前後，於案發現場附近攔下計程車的男人，又會有幾個呢？

再加上衣物沾有血跡，除了我不會有別人了。

萬一司機誤以爲我是搶匪，開往派出所……

萬一等一下遇上路檢，員警盤查時要我脫下大衣……

就算那樣，我應該很容易就能證明自己不是搶匪吧。問題是，該怎麼解釋西裝和襯衫上的血跡？儘管同樣很容易就能證明血跡與搶案無關，可是如此一來，家人和公司方面勢必會知道那是誰的血。於是，忠實可靠又有氣魄的山岸經理，在外面藏著女人的祕密，便會一夕曝光。

我彷彿看到屆時家人和同事會投來怎樣的視線。黑夜籠罩著我的身軀，我的心卻被更爲黑魆的幽暗籠罩著。

車窗外唯有夜色不停往後飛逝。

車子似乎沿著田間小徑行駛。零星分布的民宅透著黯淡的光線，益發令人膽寒。

「先生，請問一下……」

司機忽然開口。聽到突如其來的話聲，山岸的心臟猶如被一隻鐵手猛然揪住，抽搐緊縮。

在公司裡，山岸瘦小的身軀總能展現超越眾人想像的勇氣與決斷力，這也是他比同事更早出人頭地，並且身居要職的理由，但其實他私底下膽小怕事，而知道這一點的只有兩個女人。

一個是總將「你絕對沒膽子去外面找女人」這句話掛在嘴邊的妻子，另一個則是兩個鐘頭前山岸拋出「我們分手吧」這個提議時，冷淡回一句「沒想到你居然有膽子和我提分手」的絹江。

山岸和絹江維持了一年的外遇關係。

他任職的廣告公司拍過一支新上市的洗潔精廣告，找來五個模特兒，絹江是其中之一。她不是主角，只在一個鏡頭中露臉，可是山岸覺得她比其他四人都漂亮。絹江年約三十五，至今依然小姑獨處，在一個小劇團裡當演員。兼職模特兒是爲了賺取生活費。

從纖瘦的外表很難想像她的胸部其實相當豐滿，性格更是開放，和山岸家裡那位結婚將近十五年、沒見過世面的家庭主婦截然不同。絹江說，「我的人生目標就是成爲一名當紅女星，你不過是我的一塊跳板」。

下回讓我當廣告的主角吧！

她甚至敢面不改色地直接索討工作。這樣的大膽與傲慢讓山岸覺得頗新鮮，於是以每週兩次的頻率前往板橋造訪絹江所住的公寓。可是半年後，當初吸引山岸的獨特魅力，在他眼中變爲好強又愛面子，也成了他厭倦這段關係的理由。

極度迷戀絹江帶來的新鮮感的時期，山岸曾答應「和太太離婚後，就跟妳結婚」，事到如今實在講不出「我們分手吧」這句話。況且，自從山岸的熱情漸漸消失，絹江居然變得和一般女人沒兩樣，不僅逼他結婚，甚至對他太太懷有敵意，似乎經常往他家裡打無聲電話，進行騷擾。

雖然山岸知道太太深信他沒膽子外遇，可是每當太太說「今天又接到那種怪電話了」的時候，以及客廳的電視畫面出現那支洗潔精廣告的時候，他總會提心吊膽地猜測太太已嗅出異狀。還有，每回在絹江的公寓裡聽她提起「結婚」二字，山岸也同樣提心吊膽。

這半年以來，兩人的關係漸漸降至冰點。今天晚上，山岸終於下定決心告訴絹江「我們就到今晚爲止吧」。每個月都要從薪水中想辦法挪出十萬圓給絹江，實在太痛苦。

「沒想到你居然有膽子和我提分手。」

絹江的聲音冰冷，但從他手裡接過最後一筆十萬圓後，還是忍不住流露不捨的神色。

「最後一晚，至少一起吃頓飯吧。」

她平靜地挽留打算起身離開的山岸，走進廚房。

「也好。」山岸鬆了一口氣。片肉的刀聲規律傳來，忽然間，她囁嚅著：「既然留不住你，我就死給你看。」那聲音小得像喃喃自語。連菜刀劃過手腕的動作以及流淌的鮮血，也全都悄無聲息。

他奮力撲向絹江，搶下她手中的菜刀，至於之後是如何去向隔壁那個與絹江素來要好的單身護士求援，這段過程則印象模糊。對方緊急包紮後，立刻把絹江帶往附近那家她工作的醫院。

「這點小傷口不會有事的，儘管放心。」

護士如此安慰目睹滿地鮮血而害怕不已的山岸。原本他打算留在屋裡等絹江診治結束才返家，可是擦拭衣服上的血跡時，忽然改變心意，拔腿逃了出去。他當下的心理狀態，可說和凶手逃離犯罪現場一樣，不同之處就在這件事無關犯罪。

但他衝出公寓後，並未前往車站，而是朝反方向不停奔跑。等他回過神，已沿著國道十七號走向熊谷，也就是自家的方向。

他也不曉得自己爲何會在這條路上行色匆匆。或許是下意識地遠離市區的燈火，走向黑暗，逃避絹江的手腕流出鮮血的事實。他步履不停，甚至有信心在寒風呼嘯的深夜路上走回幾十公里外的熊谷。

另一個不得不繼續行走的原因是，駛往市中心的車道上不時有空計程車經過，可是山岸步行的車道上，計程車皆載有乘客。

寒冷的氣溫下，他終於恢復正常的思考，恰巧一輛空計程車開過來。

山岸朝車上那盞顯示空車的紅燈拚命揮手。

如此一想，這麼晚了還沿著國道步行，光是這種狀況就足以讓司機起疑。

「先生，請問一下……」

司機說了一聲，隨即閉上嘴。山岸強忍著湧上胸口的焦慮情緒，等待下一句話。經過一段漫長的沉默，總算又聽到司機的聲音。

「您是不是在柔道界富有盛名的石島選手呢？大約在幾十年前的某一屆奧運，曾奪得銀牌的那一位？」

出人意表的詢問，令山岸十分失望。

「不是……」山岸答道。

「這樣啊，長得挺像的。」

司機的語氣裡帶有一絲自嘲，卻還是無法讓山岸鬆懈下來。感覺得出司機只是在強顏歡笑，雖然沒有回頭，依舊透過後視鏡打量著山岸。印象中，石島選手的確身形瘦小，當年在柔道項目中勇奪奧運銀牌也在國內掀起一陣討論熱潮。兩人的身材或許有些相似，但長相完全不一樣。何況，司機雖然解釋他覺得「長得挺像的」，但他能夠看到山岸長相的機會，只有山岸招手攔車的瞬間，下一秒山岸便因車燈過於刺眼而別過臉。

怎麼想都不可能僅憑車燈照到臉的瞬間，就認出乘客長得像十幾年前的柔道選手。更重要的是，始終沉默的人突然聊起風馬牛不相及的話題，顯得十分刻意。

唯一的可能，就是司機有撒謊的必要。

「別瞧我現在靠開車餬口，年輕時曾參加全運會的柔道比賽哩！雖然是二十多年前的事了，但至今和兒子較量還是可以贏他。在體力方面，我有自信絕不輸任何人。」

這話聽來，似乎在警告山岸：就算你是搶匪，也別想在太歲頭上動土！從沙啞的聲音不容易辨別出年齡，但就剛才談話的內容，可以推測出他並不年輕。

「先生，您在板橋上班嗎？」

司機又從車內後視鏡裡窺看著後方的那片黑暗，問道。

「是啊。」

山岸隨口敷衍，心想這樣回答比較合情合理。

「請問是哪家公司呢？」

司機繼續詢問。

「車站前的東都銀行分行。」

山岸只好隨便回答一家看過的銀行名稱。

「這麼說，您一定認識分行經理的大場先生吧？」

「喔，當然。」

正當山岸滿口謊言之際，忽然看到司機的肩頭抽搐了一下。儘管只是黑暗中的一個細微動作，但司機顯然心生害怕。他害怕的理由爲何？

糟糕！

山岸暗叫一聲不好，無奈爲時已晚。他踏入司機設下的陷阱——司機藉由隨意編造的姓氏，試探後座的乘客是否確實在東都銀行分行上班。

「噢，您認識啊。」

司機的聲音明顯帶著顫抖，就此中斷話題，陷入靜默。這股沉默比稍早前一句話都不說的時候，更令人感到苦悶。

「我剛才說在板橋的銀行上班，並不是實話。」山岸乾脆主動招認。「只是有點累又嫌麻煩，所以隨口敷衍……其實我在銀座的一家廣告公司上班……要是不相信，我可以拿名片給你看。」

明明是眞話，山岸卻說得呑呑吐吐，聽起來簡直像天大的謊言。

「噢……您不必那麼客氣……」

司機的聲音益發不自然。他大概不認爲山岸說了實話，覺得這個人實在太可疑。雙方再度恢復尷尬的靜默。一股比車門更爲堅實的沉默，牢牢封住充斥於車裡的黑色空氣。山岸是眞的想掏出名片給他看，又擔心被懷疑是假名片，反倒顯得居心叵測。

車子經過十字路口時，恰好變爲紅燈，司機居然無視號誌衝過去。山岸心想，司機八成以爲車子一停小命就會不保，又驚又急下乾脆選擇闖紅燈。

廣播電台開始播報氣象。

「明天的降雨機率爲百分之二十，關東地區接下來幾天都將是晴朗的天氣。」

播報員的語調從容，車子卻恰恰相反，持續加速。每一次超越前車時，輪胎的擦地聲與車身的震動，都像是如實呈現出司機的恐懼。山岸同樣感到恐懼，司機飛速行駛，想必是要盡快開到警察局報案吧。

這絕不是他疑神疑鬼。

「請問現在開到什麼地方了？」

眼熟的得來速指示牌從車窗外一閃而過，山岸明知目前的所在位置十分接近桶川，但為了趕走那股沉默的苦悶，故意開口詢問，不料車身陡然劇烈搖晃。原來是司機試圖超車，卻在變換車道的過程中發現來不及切過去，只好馬上縮回來。

受到這股衝擊，山岸身體倒向一邊，同時發出低呼……又或者，驚叫出聲的是司機？該不會是山岸出其不意的提問，化為一支扳手襲向了司機吧？

「您剛才說在廣告公司上班？」

總算穩住車子的司機沒有回答山岸的問題，而是啞著嗓子自顧自地說：

「那是現在最熱門的行業……想必很賺錢吧？……眞羨慕，哪像我們這種……計程車公司……什麼鴻圖大展的就甭指望了……」

司機斷斷續續講個不停，絲毫不給山岸插嘴的空檔。山岸感覺得出他雖然在講話，但非常注意背後的動靜。

「開計程車根本賺不了錢……就拿今天來說吧……先生您是我載到的第三個客人……而且都是短程……要是您沒攔下我的車子……今天的營業額恐怕連五千圓都不到哩……」

司機說出這番看似莫名的話，山岸當下就明白他的用意何在。

司機想表達的是——我身上只有這麼一點錢，就算洗劫我也是做白工。司機雖然怕得要命，還是想盡辦法逃出虎口。

山岸不知該如何回應才好。這種情況下，不管說什麼都會被錯誤解讀，可是繼續保持緘默司機會更爲恐懼、更加懷疑。

問題是，到底該說什麼才對？

山岸陷入迷惘之際，傳來整點新聞的播報聲。

「現在爲您播報十一點的新聞。」

播報員是一名男士，他不帶情感地播報一則貪汙案的概要內容後，接著報出那則新聞：

「今天晚上在東京都內以及周邊地區，發生三起計程車連環搶案。」

在那無異於印刷鉛字的無機質聲音持續的一分鐘內，兩人都安靜地聆聽。或許是全副精神都集中在聽覺上，司機放慢車速。從對向來車的車燈前進速度變慢，即可看出這一點。

山岸希望能聽到連環搶案的嫌犯落網的消息，但這節新聞只是重複上一節快報的內容。事與願違，眞可惜。

「此外，根據最新消息來源指出，第三起案件發生後，有人目擊嫌犯在板橋區郊外的國道十七號攔下一輛計程車。目前尚未確認消息的正確性，請目前行駛於國道十七號的計程車駕駛朋友，注意自身安全。」

播報員像是臨時起意，加了最後一段。

起初，山岸以為只是又一個令人困擾的巧合。嫌犯居然再次和他一樣，在板橋區郊外的國道十七號攔下計程車。但山岸隨即察覺，極有可能不是巧合。

那個目擊者自稱看到嫌犯——看到的該不會是他吧？莫非對方看到嫌犯搭乘的就是這輛計程車？

山岸茫然沿著國道十七號步行的那段時間，有幾十輛、幾百輛車從旁駛過。會不會是其中一個車主，剛好看到他搭上這輛計程車，於是通報警方？

警方……

不單是眼前的司機，連警方也犯下同樣愚蠢的錯誤，把我當成計程車搶匪，並展開追緝行動……

新聞不曉得什麼時候播完了，變成旋律輕柔的音樂。司機有些不耐煩地伸出手指，摁下收音機的按鈕切換頻道，似乎想尋找仍在播報新聞的其他頻道。接連換了兩、三個頻道，每一個都在放音樂，只好又摁回原來的頻道。

恬適的弦樂訴說著夜已深。司機一語不發。聽完剛才的新聞也沒有拿來當談資，正是司機認為心中的懷疑得到證實的最佳證明。

不，司機應該想就這個話題聊一聊，只是和山岸一樣，不曉得該如何啓齒而已。在山岸的眼中，那個背影仍不過是一團烏黑的人形鐵塊。除了握住方向盤的手以外，身體的其他部分沒有任何動作。然而，他體內必然和山岸一樣有著千言萬語，卻被捲進恐懼與焦慮的漩渦中。

山岸僅需伸出手就能抓住司機的身體——不光是他的身體，還包括他的性命。在山岸的肩膀與後背緊貼著椅背的期間，司機無時無刻處於懼怕當中，等候著不知何時降臨的剎那……

既然司機不說話，我就得想辦法擠出幾句了。

無奈舌頭發燙似地又乾又硬，根本動不了。從脖子迸出的汗如油般黏稠，循著脖子往下滑落背脊。山岸不確定是暖氣太強，還是身體變熱的緣故。

警方將我誤認成嫌犯，展開追緝行動了。就算能夠證明自己是無辜的，肯定會被牽扯到比以往所擔心的還要麻煩的問題中……

車裡的黑暗像是燒焦的食物，散發著一種腐臭的噁心味道。該不會是那滲進衣服裡的女人血液飄出來的氣味吧？那女人眞的沒事了嗎？剛才流的血可不少啊。護士安慰說這點小傷口不會有事，她不會其實死在醫院裡了吧？

山岸不知道車子開到哪一帶了。伸手抹了抹蒙上一層水氣的窗玻璃，可是看到的唯有如黑色濁流般滾滾而去的夜色。窗玻璃神經質地嘎啦嘎啦作響。不曉得是風吹的，還是車子開得飛快。

那樣的車速戛然而止。隨著駭人的輪胎擦地聲，車子緊急煞車。

十字路口的號誌從綠燈變成黃燈。不過，爲什麼要煞車？一路上都是闖紅燈啊。

山岸一下就知道理由了。司機的臉微微轉向斜前方。

對向車道有一輛車在等紅燈。

是警車。

深夜的道路上，那車身顯得格外冷白。

等待變成綠燈的這十幾秒，山岸蜷在座椅的角落，心理狀態和真凶毫無二致。司機緊急煞車，並不是擔心違反交通規則，而是企圖找藉口向警車求援，可惜他想不出藉口，只能眼巴巴地期待警車能夠注意到這邊。司機在等候的過程中多麼渴望放聲求救，山岸能夠感同身受。

變成綠燈了。

舒一口氣的人是山岸。相對地，想必司機萬分沮喪。警車若無其事地開走，紅色尾燈就這麼毫無抵抗地被對向車道的黑暗吸了進去。和山岸一樣，司機也扭頭目送那對尾燈逐漸遠離。

然後，死心斷念的司機只好起步上路。號誌的綠燈宛若暗夜的一只眼睛，正在窺視著這邊，鮮明的亮光十分炫目。

可惜，那盞綠燈也無法保障山岸的人身安全。

車子再度行駛不久，收音機播送的音樂夾雜著一些古怪的聲響。

山岸還沒反應過來，那種像是電磁波受到干擾的刺耳雜音，其實來自計程車公司和所屬車輛聯繫用的無線電對講機，有個話聲已傳出。

「全體車輛注意！關於計程車搶案，公司接到警方通知，嫌犯在國道十七號上搭乘的是本公司車輛。請各位同仁務必提高戒備，立刻回報目前所在位置。聽到請回答！」

那個聲音分外急迫。司機必定聽到了那則通告，但當下身體沒有出現任何變化。

幾秒過後，司機一手慢慢放開方向盤，拿起對講機。雖然握在手裡，但仍在猶豫。

朝著對講機開口的同時，背後的乘客會不會當場攻擊我——或許是這樣的危機感，導致他的手和嘴都像是凍僵了。

只能聽見痛苦的喘息聲。等山岸察覺那個聲音不是從司機的嘴巴，而是由自己的口中發出，又過去幾秒鐘。

司機終究一聲不吭，放下對講機。儘管如此，不代表山岸可以安心。若只有這輛車沒回報，無異告訴公司和警方車上載著嫌犯。

非得趕緊說些話不可……

山岸心急如焚。他已被認定是嫌犯，必須趕緊說些話，解開司機的誤會才行——雖然這樣想，腦海漩渦中的話語和舌頭依然繼續空轉。

「看來，我似乎被……」

山岸好不容易擠出開頭時，司機突然呻吟似地冒出話：

「沒油了。不好意思，得去加油站一趟。」

說著，司機猛力把方向盤往左打。山岸沒留意到車子正要經過位在深夜道路旁的加油站，微弱的燈光看來格外寂寥。車子駛進了那家加油站。

司機緊急煞車，隨即跳車衝進辦公室，消失無蹤。辦公室的玻璃窗透出燈光，映著兩名員工的身影。司機對著那兩人講了幾句話，不久，其中一人走出來給車子加油，看都不看車裡的人一眼。

山岸牢牢盯著辦公室內部，留在辦公室裡的員工在打電話。

說什麼車子沒油了，根本是騙人的。那個員工一定是聽完司機的描述正在通報警方……

山岸很想逃走，可是現在一逃，就會被當成是搶匪。

山岸雙手交抱，緊緊壓住幾乎要衝破胸口的心臟。車裡閉塞的氣氛像極了拘留所，他不由得縮躲成一團。

員工加滿油回到辦公室，司機與他擦身而過，走到車旁拉開駕駛座的門，但沒打算上車。

「不好意思，方便請您在這裡下車嗎？」司機說道，「車子的狀況怪怪的……我要開回公司……剛才已叫了另一輛計程車來接，您可以到辦公室裡候車……這段路就不跟您收車資了。」

司機的視線只略略掃過車內，幾乎快被帽子呑噬的那張小臉背著光，連輪廓都看不見，不過微微哆嗦的聲音明顯透露那是推託之詞。山岸必須馬上做出選擇——接受司機的謊言，並依言照辦，或是……

「司機先生要回公司嗎？在什麼地方？」

「在池袋……」

「那我也一起搭到那裡……有東西放在板橋忘了帶，剛才在考慮要不要折回去拿……車資我會照付。」

「可是已幫您叫了另一輛計程車……」

果然如山岸預料，司機遲疑半晌，最後還是走向辦公室。

他和員工交談幾句，沒費太多時間就離開辦公室，坐回車上，發動引擎。

剛才那短短幾秒內，他和加油站的員工到底談了些什麼？

車子駛離加油站，在一百八十度的大迴轉後開上國道十七號，方向恰恰與來時相反。山岸頻頻回頭張望，猜測司機可能告訴加油站員工將會朝池袋方向行駛，拜託他們看到警車的時候務必轉告警方盡快追上。

車子開沒多久，無線電對講機再次傳出摻著雜音的神經質呼叫：

「四號車、十三號車，聽到請回答！」

這次司機立即拿起對講機回答：

「這是四號車，正要回公司，沒有異常。」

無線電對講機不再發出任何聲音，司機也關上了車內收音機，想必是不希望乘客再聽到新聞報導了吧。這麼做是爲了鬆懈坐在後座的搶匪心防，爭取時間好讓警車追上來。

實際上，車速確實比去程慢了不少。每次接近紅綠燈便開得更慢，就算時間綽綽有餘也會刻意停車等候，變成綠燈以後還會拖些時間才起步。

耳邊只聽得到輪胎擦地聲和車身風切聲，夜晚是如此寧靜。就怕下一刻從後方追來的紅光警笛將會劃破這份寧靜。

山岸回頭望著車後窗，一對又一對車燈不停逼近。負責追緝嫌犯的警車應該會刻意關掉警笛，無聲無息地靠近。想到這裡，那儼然藏躲在炫目車燈之後、隱身於暗夜之中的一輛輛汽車，看起來統統像是警車了。

路面如退潮般被帶往夜的盡頭。

那股潮水愈流愈慢，車子最後停了下來。

山岸以為又遇到紅燈，可是抬頭一看，號誌還在很遠的前方，車子兀自停在路中央。後方那輛車為了避免追撞急轉方向盤，從旁駛過時還發出輪胎摩擦路面，以及怒按喇叭的聲響。

駕駛座上的那個背影放開方向盤，僵硬地一動不動，但不像是要耗時間等警車追上來。難道是他內心的恐懼到達臨界點，乾脆自暴自棄了嗎？

那個背影靜默無聲，感覺不到活人的氣息。

「怎麼了嗎？」

將近一分鐘後，山岸終於忍不住問道。

「您還是在這裡下車吧。」一個比嘆息更低的聲音回答，「實在不行了……再開下去，萬一車子漏油……」

「那你怎麼辦？」

「能開多遠就開多遠……」

「我也一起搭到那邊。」

司機想都不想，只管搖頭。接著他愣怔好一會，終於咬牙下定決心，猛然握住方向盤，一腳將油門踩到底。

速度比先前更快，一路全速飆車。車身狂震，簡直像開在陡峭的山路上。司機彷彿失去理智，只想逃離這種恐懼……

山岸擔心警方的追緝行動，又害怕高速行駛下隨時可能出車禍，不由得雙腿發抖。可是，在這樣飛快的車速下，根本無暇思考是來自車身的震動，還是恐懼使然。

眼前出現一座市鎮。原以爲車子會疾風迅雷般穿過市鎮，卻在開到一處十字路口時突然右轉。山岸上半身歪倒在座椅上，擱在椅面的提包也被甩到下方的腳踏處。

「你要開去哪裡！」

山岸不假思索地大喊。車子駛離國道，在一條商店街上奔馳。夾道兩旁盡是拉下鐵捲門的店鋪，車子在狹窄的路上不顧可能與對向來車迎面撞上的危險，只管朝前急奔。

「到底要開去哪裡？快停車！」

不曉得是不是聽到山岸的怒吼，隨著淒厲的輪胎擦地聲，車子緊急煞住。山岸的額頭直接撞上窗玻璃。

山岸根本不知道發生什麼事，連痛感都還來不及傳到大腦，只見司機「唔」地從喉嚨擠出一聲呻吟，宛如用身體撞開似地猛力推車門，衝到路上，跑進一棟樓房的玄關玻璃大門。

山岸好半晌沒能回過神，既不知身在哪座市鎮，也不曉得那是棟什麼樓房。待由於額頭受到撞擊而模糊的視線漸漸聚焦，「警察局」三個大字才映入山岸的眼簾。

將近一分鐘過去，什麼事都沒發生。深夜時分，那棟樓房的玄關闃然無聲。

看來，司機終於敗給內心的恐懼，去向警方求救。

我也得趕快逃啊……

這道命令還沒傳達到麻痺的身軀，兩名貌似刑警的男子從警察局的玄關大門跑來。

「不好意思，想請教幾個問題。」

山岸彷彿受到那句話和犀利眼神的控制般下了車，等到發現時，已坐在像是偵訊室的小房間裡的折疊鐵椅上。

警方詢問住址、姓名、職業，又問他搭上那輛計程車的時刻與地點。

「大概一個鐘頭前……地點在……」

「是在板橋郊外的國道上吧？」

中年刑警態度客氣，但感覺得出有把利刃隱藏在話語背後。山岸只能點頭。

「您知道今天晚上發生三起計程車連環搶案吧？」

正當山岸猶豫著是否點頭時，一名年輕男子走進房間，附在中年刑警耳邊講了幾句話。

山岸只聽到「提包」這個字眼。年輕男子離開後，刑警坐正面對山岸，雙眉緊蹙。

「果然從提包裡搜出扳手……」

聽到這句話，山岸倏然想起提包還放在計程車上，刑警約莫已仔細檢查過提包裡的物品。可是……可是我的提包裡怎會有扳手……？

這一定是噩夢！從絹江手腕流出鮮血的那一刻，到現在的每一件事，統統發生在噩夢裡！

山岸瘋狂搖頭——不可能！……我身上沒帶扳手啊！

由於喉頭痙攣，終究沒能說出這句話。刑警的眉頭鎖得更深。山岸覺得眼前這張面孔也屬於那場噩夢的一部分，連刑警接下來告知的話都彷彿是從那個夢境遠遠傳來。

「別緊張，扳手不是在您的提包裡找到，而是從那名司機的提包裡搜出。」

聽到這句話，山岸仍反射性地不斷搖頭。

山岸花了好一段時間才接受大逆轉的現實。那名刑警一度走出房間，約十分鐘後又進來表示：

「我們也沒想到計程車搶匪，居然會是一個計程車司機。」

即使是在聽取說明的過程中，刑警的話語也只是在山岸的腦袋裡不停空轉。

「他的作案手法相當高明……首先將自己的車停在路邊，稍加喬裝後攔下另一輛計程車，隨口說個地點，車子開到那裡時又藉口有東西忘記拿，要求司機開回他停車的地方……他坦承三件案子都用了相同手法。準備第三次犯案前，他把自己的車停在國道十七號路邊，犯案後坐進自己的車裡時恰巧被人目擊。由於他是以喬裝的模樣坐進後座，目擊者以爲是一般乘客搭計程車。他在車上換回司機的制服，開了十分鐘的路程後載您上車。」

山岸逐漸理解事情的始末。那個目擊者看到的並不是他，而是眞正的搶匪。還有，這下總算明白離開東京的路上每一輛車都載著乘客，唯獨那一輛是空車的理由……

「嫌犯的作案手法高明，卻沒什麼膽量。他發現您聽了新聞播報的內容後，露出有些害怕的表情，認爲您可能發現他是眞凶……於是他想盡一切辦法讓您下車，可是您堅持留在車上，最後他只好死心，來警察局自首。」

「您說……他是來自首？」

吐出這幾個字的聲音，小得猶如嘆氣。山岸忽然想起來到警察局前，一度將車子停在路中央的司機那靜默無聲的背影。或許司機當時站在人生的十字路口，自問究竟要去投案，還是再次拿出那支扳手……

「您冒汗了呢，脫掉大衣比較舒服吧？」

山岸搖頭婉拒刑警的建議，將衣襟拉得更緊。儘管額前滲出汗珠，體內卻直發冷。隆冬的寒風一再敲打著房間的窗子。

快來找我

警視廳通訊指令總部接到那通報案電話的時刻，是十月九日下午五點。當時八杉俊江打算稍事休息，剛剛從座位起身。聽到電話鈴響，俊江趕緊坐回椅子並戴上耳機，心中升起一股不祥的預感。這種時刻響起的電話，必定是棘手的案件。三年前，日本全國喧騰一時的連環絞殺案的第一通報案電話，就是在俊江起身準備下班回家的那一刻撥打進來。另外，六年前的那天，俊江忽然感到腹痛，急著走出辦公室時，接到一通順手牽羊的報案電話，沒想到一個月後，這起小案子居然引導警方偵破以東京爲基地的大規模竊盜集團的重大刑案……

俊江是有著二十年報案台值勤資歷的老手。

「一一〇報案台，您好。」

耳機的另一端沒有聲音。無言的靜默壓迫著她的耳朵。「果然是棘手的案子」——老手的直覺使她在心裡犯嘀咕，不免有些心急地重複了一次：

「一一〇報案台！」

「請問是警察阿姨嗎？」

一個意想不到的聲音竄入耳機。

是小男孩的聲音。

「我好像被綁架了，所以打電話報警。」

若是成年人的聲音，俊江可以相當準確地推測出年齡，但孩童她就沒有把握了。六歲，還是十歲？是惡作劇電話嗎？

「壞人不在，我偷偷打電話。快來救我！」

「小朋友叫什麼名字呢？」

「Ishiguro Kenichi（註一）……」

「你爸爸的名字呢？」

「Ishiguro Shuhei（註二）。」

「你在哪裡？」

「這裡不是我真正的家……」

天真的聲音裡沒有絲毫緊張，會不會只是打來搗蛋？然而，俊江從稚嫩的聲音裡，嗅出一絲並非單純淘氣的可疑氣息。

「小朋友，你知道家裡的地址和電話號碼嗎？」

「在Suginami區的Ogikubo（註三）……門牌號碼我不知道。」

「電話號碼呢？」

男孩像是在一筆一畫寫考卷，緩慢而準確地吐出七個數字。這不是打來搗蛋的。俊江從那準確無誤的聲音中察覺事態的嚴重性，身為老手的她險些失去平日的鎮定。她向來有把握能夠沉著應對任何情況，但像這樣的報案電話是她二十年值勤生涯中首次接到。

「你說被綁架了，可以說得更清楚一點嗎？小朋友你——」

「我不是小朋友，我今年九歲，上四年級了！」

俊江的詢問被這段話打斷。她還來不及繼續問，只聽到耳機傳來「啊」的一聲低呼，緊接著是講悄悄話般的一串催促：「快點！快來救我！」對方隨即切斷通話。俊江訓練有素的聽力捕捉到孩童發出低呼前，電話彼端隱約傳來開門聲。

是惡作劇電話嗎？或者不是呢？

俊江僅僅遲疑了兩秒。

直覺告訴俊江，這是一起重大刑案。

一分鐘後，荻窪警察局的一名刑警，撥打了八杉俊江呈報的電話號碼。

「這裡是石黑家，您好。」

註一——「石黑健一」或「石黑研市」的日文發音。
註二——「石黑修平」的日文發音。
註三——「杉並區荻窪」的日文發音。

話筒傳來女子的聲音。

「這裡是荻窪警察局，剛才接到府上一個自稱Kenichi的小朋友打來的報案電話……請問Kenichi小朋友目前在家嗎？」

「他在家，和朋友一起玩。」

「請問是Kenichi小朋友的媽媽嗎？」

「我就是……」

女士的聲音透著困惑。

「這麼說，Kenichi小朋友並未遭到綁架吧？事情是這樣的，剛才有個自稱Kenichi的小朋友打電話到一一〇報案台，表示自己遭到綁架，希望警方立刻趕往救援。」

「什麼！」一聲大叫後轉為沉寂。女子似乎是過度震驚而發不出聲音。

「慎重起見，容我再確認一次，Kenichi小朋友目前確實在家裡吧？」

「嗯……他就在電話機旁，和朋友一起打電動遊戲。」

在她說話的同時，旁邊確實有兒童的笑聲。

「那麼，應該只是惡作劇。請讓我再核對一件事——Kenichi小朋友今年九歲嗎？」

「不是的，Kenichi是七歲，小學二年——」

她講到一半突然打住，呢喃著「不會吧……」，旋即反問：「報案的那個孩童說自己是九歲、讀四年級嗎？」

「是的……」

「那一定是以前的Kenichi！」充滿緊張的聲音又自言自語：「不可能，怎麼可能呢……」從電話中聽來，對方似乎受到打擊，陷入混亂。

「您說是『以前的』Kenichi小朋友……那是什麼意思？」

「我有兩個小孩都叫Kenichi，用的是不同漢字。其實應該說，我原本有兩個小孩，可是先生下的那個Kenichi死了……由於太難過，後來生下的小孩也取了發音相同的名字……不對，我相信先出生的Kenichi一定還活在世上的某處……」

說到這裡，女子頓了頓，又接著問：「打一一○報案的那通電話，真的是孩童的聲音嗎？」她的聲音開始顫抖。

「是的，沒錯。」

「直到現在我仍相信，那個Kenichi是被綁架到其他地方生活……可是……」

「先出生的Kenichi小朋友被綁架了嗎？」

這回換成刑警語塞。

「是的……不過，那起綁票案發生在九年前，如果那孩子還活著，現在已十八歲……」

那顫抖的聲音再度囁嚅著「不可能，怎麼可能呢」。

石黑修平的獨生子健一，在九年前的冬天遭到綁架。十二月二十日，正值年關將近。那一天，天色漸暗，健一卻還沒回家。媽媽悠子首先察覺有異，與班級導師聯絡後得知學校準時放學，於是逐一致電健一的同學家，以及他可能造訪的地方，終於問到一個同學說看到健一在距離學校幾十公尺處。坐上一輛白色的車子。石黑夫妻認定兒子遭到綁架，立刻報警，警方隨即成立專案小組等待綁匪的聯繫。一連等了四天，不僅沒有等到健一回來，也沒有接到綁匪的通知。唯一看到健一被帶走的目擊證人，只有那名同學。根據那名同學提供的線索，僅知車款是當時十分暢銷的耶姆卡國產車，而且健一沒有反抗、態度自然地坐進副駕駛座，另外就是他只看到駕駛座上的成年男人背影。警方等候綁匪的聯絡，同時暗中展開搜查。到了第三天，取得健一父母的同意，祕密行動轉為公開搜查，卻依然沒能找到確切的事證，直到健一失蹤四天後的聖誕夜，才總算掌握綁匪和健一的行蹤。

那天晚上，一輛停在晴海碼頭的耶姆卡突然爆炸起火，車體瞬間陷入黑煙和火海當中。儘管發生在遠離歡樂的聖誕夜鬧區的東京一處黑暗角落，仍被偶然路過的計程車司機看到並通報警方。巡邏車趕到時，車體已燒成炭黑的殘骸，僅剩下未盡的餘火。警方在駕駛座和副駕駛座上發現兩具焦黑的遺體，一具是成人，副駕駛座上的另一具則是孩童。那陣子經常傳出年底景氣不佳致使全家輕生的憾事，因此最先趕抵的員警也以爲這是一對父子，直到在後車廂發現一只未被完全燒毀的書包，裡面的文具用品上寫著「石黑健一」的名字……

「遺體是我親自確認的。雖然臉部和軀體完全無法辨識……但那就是健一，絕對錯不了。」

石黑修平如此告訴來自荻窪警察局的兩名刑警，眼鏡底下的雙眼隱隱泛著淚光。

石黑修平在東京都精華地區，一家知名的私立綜合醫院擔任內科主任。他有著一張白皙而冷淡的長臉，儼然只有白袍才配得上那樣的相貌，但溫和的聲音顯示他的文質彬彬，給兩名刑警留下不錯的印象。鏡片後面流露的眼神原本像鋒利的手術刀般冰冷，隨著淚水的湧現也化爲一個平凡父親的憐惜之情。

案發當時石黑夫妻住在世田谷，負責偵辦的是世田谷警察局。該起綁票案與荻窪警察局無關，但由於結局太悲慘，一夕之間轟動全國，兩名刑警至今印象深刻。他們記得綁匪是年過三十的單身男子，原先是上班族，辭去工作後又經商失敗，綁架兒童的動機是勒索金錢，卻在在綁架不久就撕票，開車四處尋找棄屍地點，最後決定乾脆一死了之，於是在車上潑灑汽油，縱火自焚——這就是警方推測的案發經過。

「內人到現在依然幻想著，健一或許仍活在世上……但九年前的那一晚，健一確實死了。」

此時，坐在丈夫身旁低頭不語的石黑悠子抬起臉。循著青梅古道步行五分鐘，南邊是一片高級住宅區，其中一棟就是石黑家。起居室裡的家具格調典雅，連身穿適合微涼秋天的米黃薄毛衣的石黑悠子，也宛如一件高雅的擺飾。雖然細看之下五官並不出眾，但脫俗的氣質爲她增色不少。

美中不足的是，她的氣色堪稱慘白。不曉得是憶起九年前的傷心事，或是原本就沒什麼血色。她的肌膚看起來很薄，彷彿隨手就能撕去一層。

「其實我明白那孩子死了……但心底還是祈禱他能活著，所以忽然接到這樣的電話……一時六神無主……」

「結論就是，這應該是知道九年前那樁案子的孩童，覺得好玩而打的電話吧？」

石黑點頭，同意刑警的結論。

「二位想得到會是哪個孩童嗎？應該只是惡作劇，不過還是問一下。」

「想不出來……」石黑沒把握地回答，又問了側著頭的妻子：「Kenichi那時在做什麼？」

「Kenichi那時跟和彥在起居室玩，況且Kenichi沒有理由做那種事——」

「請問二位說的Kenichi小朋友，」刑警打斷石黑夫妻的對話，「是指目前在府上的公子嗎？」

「是的。那件事令我們傷心欲絕，但不久後內人又懷孕了……我們給這個孩子取了讀音相同的名字。」

石黑修平伸出手指，在茶几上寫下「研市」二字。

「研市小朋友知道九年前哥哥的案件嗎？」

「知道……我們本來瞞著他，直到前年他偶然聽到我們談起那件事才知道。」妻子嘆口氣，接著道：「我們只好大略透露一些，反正他遲早會知道……不過，畢竟對小孩來說太殘忍了，所以沒有詳述。」

眾人頓時沉默，彷彿屋裡的燈倏然熄滅。

「其實只要請兩位聽一下報案人的聲音，就知道是不是研市小朋友的惡作劇。」

其中一名刑警從口袋裡掏出卡式錄音機，摁下播放鍵。裡面是通訊指令總部拷貝那通一一〇報案電話，送到警察局的錄音帶。

「請問是警察阿姨嗎？」

錄音機播放著報案過程。

石黑夫妻始終緊盯著錄音機，直到播完最後掛電話的聲響。兩人同時搖搖頭。

「不是研市，絕對不是他的聲音。」妻子說道。

「那麼，認得這個聲音嗎？」

「沒什麼印象……」妻子邊思索邊回答，刑警接著提議：「我們認爲應該只是孩童搗蛋，但爲了安全起見，方便請研市小朋友聽一下錄音內容嗎？或許他聽得出是誰打的電話。」

「嗯……既然如此……」

妻子支吾其詞，看似準備起身，石黑突然開口制止。

「等等……這不過是孩童的惡作劇，警方沒有必要深入追究……我覺得這個孩童不會再打第二次，不要把事情鬧大比較好。我擔心研市聽到這段錄音會心理受創，況且，這是我們夫妻最不願回憶的往事。」

石黑停頓片刻，接著強調：「刑警先生，你們同意我的看法嗎？」他凝視著兩名刑警，眼鏡底下流露出擁有金錢與地位的男人泰然自若的目光。

兩分鐘後，兩名刑警離開石黑家。十月的夜晚，涼意籠罩著那棟房子和寬敞的庭院。

「沒想到，這年頭孩童的惡作劇居然弄得有模有樣。」年輕刑警說道。「不，表面上像惡作劇，但我總覺得有幾分可信度。」中年刑警啞聲回應。兩人踏出大門，轉身回望，只見二樓一扇窗亮著，映出黃色窗簾後面一個孩子坐在桌前用功的剪影。

「我的第六感如果夠準，那種惡作劇電話還會再打來……。」

中年刑警望著那個剪影呢喃，聲音低得宛如嘆息。

「還好，他在房裡讀書。」

躡手躡腳下樓的妻子隨著石黑回到寢室。這是整棟房子隔音最完善的房間，但石黑依然謹慎地壓低話聲：

「聽到那段錄音前，我一直以爲是研市做的……妳也懷疑是他吧？」

「是啊……我雖然告訴警方他一直待在起居室裡，可是我中間去了廚房又到過庭院，離開好幾次……不過，那段錄音的聲音……」妻子吞下口水，稍稍停頓才接著說：「似乎是跟研市一起玩的和彥的聲音。可是，那兩個孩子一直打打鬧鬧地玩電動，完全看不出背著我做過壞事的樣子。」

「聽起來眞的跟那個叫和彥的孩子聲音很像嗎？這麼說，會不會是研市拜託那個孩子打電話？」

「唔，可能是這樣……但研市爲什麼要這麼做？」

「我也毫無頭緒啊！」石黑不耐煩地回了一句，冰冷的視線射向妻子因恐懼而顫抖的眼睛。「只是……妳同樣在擔心**那件事**吧？所以接到警方的電話時，才會馬上聯想到那一點，慌了手腳。」

「嗯……不過……」

「的確，說不定研市已知道整件事的全貌。」

「他是怎麼知道的？連警方都不知道那件事的眞相，一個七歲的孩子如何能夠……？」

妻子不願意相信，不斷搖頭。

「不，我們一直當他是孩子，所以鬆懈了戒心，但他畢竟和做出那件事的兩個犯人住在一起……我們趁他睡著後聊過好幾次，還有，大概是上個月吧，正談到一半，妳忽然停下來不敢再講，似乎聽到二樓有人走動。希望只是妳聽錯了，萬一那時研市眞的在樓梯上偷聽……」說到這裡，石黑搖頭甩掉剛才說的話，正確而言，是渴望甩掉那個想法。「不會的……我們別疑神疑鬼了，何況警察也不像在懷疑我們……」

他安撫妻子，其實也是給自己打一劑強心針。妻子憂心忡忡地看向二樓，隨即將視線拉回到丈夫臉上。

兩個犯人四目交望，旋即露出冷淡的目光，各自別開臉。

第二次打來的電話，恰巧又是八杉俊江接聽。

「請問是警察阿姨嗎？」

距離上一通電話已過四天。這四天以來，這個聲音不停迴盪在俊江的腦海裡。同事判定那是通惡作劇電話，俊江也不明白自己爲何無法拋到腦後。或許是她在那通搗蛋電話中，感受到一種哀切的吶喊。

「你是四天前打電話來的那個小朋友吧？你說自己名叫石黑Kenichi……」

「對。我被綁架了，爲什麼不來救我？」

「可是石黑Kenichi小朋友在家裡……你說的不是實話。爲什麼要惡作劇呢，小朋友——」說到一半，俊江突然想起上一通電話中，對方不高興地反駁「我不是小朋友」，於是換了稱呼繼續往下講：「你願意告訴我眞正的名字，還有爲什麼要故意打這樣的電話嗎？」

「我眞的是那個被綁架的石黑Kenichi！」

「有個叫石黑Kenichi的兒童確實被綁架，但那已是很久以前的事，而且他死掉了喔。」

「我沒死！八年前被綁架後我一直活到現在！」

這個回答顯然是在耍賴，然而，俊江在他的聲音裡聽到迫切的哀求。石黑健一綁票案確切的時間是在九年前，不過俊江選擇暫且不追究這一年的誤差。

「你的意思是，八年前被綁架後，壞人一直把你關在某個地方嗎？」

俊江盡量溫柔地問道。

「對……所以請來救我，拜託快點來！」

說完這句，對方就掛斷了。儘管那稚氣未脫的聲音拚命懇求，呈現的話語卻怎麼聽都只是戲言，他懇求的究竟是什麼？……俊江認爲，這不過是極度渴求被愛的孩童，偶然得知九年前的綁票案，於是用來開玩笑，以博取別人的關心，但她旋即搖頭否定此一推測。事情絕沒有那麼單純，底下一定還有些隱因……那個純眞的聲音背後，一道散發著犯罪氣息的暗影一步步靠近……有個即將被那道暗影吞噬的孩童正拚命向警方求救……

翌日傍晚，同樣的報案電話又打來了。這次是另一名同事接聽的，一拿起電話立刻對俊江說「是那個孩子打來的」就轉給她。前一天俊江告訴所有同事，若是接到這樣的電話請馬上轉給她。俊江先拋出一句「又是你啊」，並盡可能讓聲音聽起來輕鬆愉快。她接著問：

「還繼續被綁架嗎？」

「爲什麼不來救我？我爸媽很傷心耶！」

今天似乎是用公共電話撥打，可以聽見市街的喧囂，而且是位於相當熱鬧的區域，也許是商店街。

「被綁架的那個Kenichi小朋友死掉了喔，他爸媽都接受這個事實了。」

「才不是呢，他們只是以爲我死掉了，所以到現在還很傷心……你們得快點來救我，讓我爸媽不再難過。」

「Kenichi小朋友的爸媽說，他們不曉得你爲什麼會打這樣的電話耶……」

「不是那樣的，是——」

對方沒說完，電話突然切斷。

「你對這通電話有什麼看法？」

俊江將錄音倒帶，重新播放給有空的同事聽。

「怎麼聽都是孩童的惡作劇。」

那名學弟聽著錄音，不禁嘆了氣。

「我也覺得，可是——」

俊江說到一半，陡然按下停止鍵。因爲她在電話掛斷的前一刻，隱約聽到有個小女孩的呼喚聲。剛才透過耳機通話時沒聽見，但清清楚楚地錄下來了。

俊江反覆聽了這個部分好幾次，來回看著聚在面前的幾位同事，問道：

「你們有沒有聽到一個小女孩問：『石黑同學，你在那裡做什麼？』」

第二天早晨，八杉俊江偕同荻窪警察局的安原刑警，造訪石黑研市就讀的小學。前一天，俊江致電荻窪警察局，告訴四天前查訪過石黑家的安原刑警「那通惡作劇電話可能是石黑研市打來的」。

「應該不是，他爸媽都很肯定地表示那不是研市的聲音，不過，您方便也讓我聽一下這次的電話錄音嗎？」

於是，應安原的請求，俊江下班後順道前往荻窪警察局，讓他聽了那段錄音。

「其實，那天我雖然沒見到研市，但和您看法相同，認爲並非一般的惡作劇。」

「不然我們帶著這捲錄音帶，再去石黑家查訪一次，您覺得如何？」

「依我之見，不如明天去學校與研市的班級導師談一談。」

安原如此回答俊江。他似乎另有打算，俊江決定聽從建議。

石黑研市的班級導師姓前島，是個年輕人，額前垂著長劉海，約莫剛從大學畢業。前一天晚上，安原會致電前島，大致說明事情的來龍去脈。於是，前島利用朝會的時間，和兩位警方人員在學校的會客室見面。

「不，這不是石黑的聲音。」

聽完電話錄音，前島直截了當地否認。

「會不會是班上的其他同學？」

前島想了想，回答安原：「我不知道。」

「那麼，您認得出詢問『石黑同學在做什麼』的女童聲音嗎？我們認爲會用『石黑同學在做什麼』這種問法的通常是同學。」

「聲音太小，聽不太出來……」前島接著說：「同學應該都回到教室了，我去問問看。」接著，他從沙發起身。

「不好意思，可以麻煩老師在詢問時，盡量不要讓研市同學知道嗎？」

「沒問題，剛才石黑媽媽打電話幫他請病假，說是感冒了。」

前島隨即走出會客室。安原面色凝重地沉思片刻，開口：「目前可以確定電話錄音裡，打來的人不是研市。研市要其他孩童打電話，待在一旁。因爲就算女童年紀還小，總不至於對著一個在打電話的人詢問『你在做什麼』。」

「是的……您的分析很有道理。」

俊江幾天來始終認定是石黑研市打了那通求救電話，不禁對安原刮目相看。原以爲這位中年刑警是刻板印象中，任何一間警察局都至少會有十幾名的那種老員警。俊江心想，這個貌似平凡的男人真是高深莫測，對於這樁惡作劇電話案件的剖析，他顯然在自己之上……

約莫兩分鐘後，前島帶著一個女孩回來。她的雙眼炯炯有神，看起來十分聰明。

「這是高本清美同學。她說昨天傍晚在荻窪車站前面的那條商店街見過石黑，還叫了他一聲。」

聽完前島的轉述，安原問女孩：「那個時候石黑同學在做什麼？」

「好像沒在做什麼……只看到他在街上閒逛……」

「有沒有其他小朋友在他旁邊打電話？」

「和彥同學在打電話。」

「『和彥同學』是指誰？」前島狐疑地詢問。

「隔壁班的津田和彥同學。他住在石黑同學家附近……」

前島先帶女孩回教室，五分鐘後又帶一個男孩進來。這個五官端正的男孩有張瓜子臉，但那對細眉給人一種神經質的感覺。

「你和石黑研市同學很要好吧？」

面對安原刻意擠出的和藹笑容，男孩只微微點頭。

「昨天傍晚，你用商店街上的公共電話打給誰？」

男孩一個字也不肯說。或許是毫無表情的緣故，臉色顯得格外蒼白。

「有人看到你打電話的時候，石黑研市同學就在旁邊。你願意說實話嗎？我們不會生氣……假如研市同學有什麼煩惱，不僅有你的幫忙，叔叔阿姨也想一起幫幫他。」

男孩只一個勁地搖頭。那張臉上依然沒有表情，卻漸漸轉爲鐵青。

「是你幫研市同學打電話給警察吧？你代替他說『請快來救我』……」

原以爲男孩又要搖頭，沒料到他突然點點頭。

「是研市同學拜託你的？」

這回他正要點頭，忽然換成用力搖頭。

「究竟怎麼回事？」

「Kenichi同學威脅我一定要幫他打電話，我不敢不打。」

男孩緊閉的小嘴巴總算迸出聲音。安原心裡有數，仍以眼神詢問俊江。俊江頷首回應。錯不了，就是那幾通報案電話裡的聲音。

「他怎麼威脅你？」

男孩猶豫片刻，搖搖頭。

「沒關係，不必勉強。我們只想知道，研市同學爲什麼命令你打一一〇說他被綁架？」

「他說：別人都以爲我哥哥八年前被綁架死掉了，其實他還活著。如果打電話給警察，他們會嚇一大跳，搞不好會重新調查。」

包括前島老師在內的三個大人聞言，不禁面面相覷。始終面無表情的男孩，臉上透著幾分成熟，與他稚嫩的聲音形成極大的反差。

石黑研市命令津田和彥撥打電話，並且交代他：「如果問你幾歲，就回答九歲、小學四年級。」約莫被抓到什麼把柄的津田和彥接到指令，不得不代替石黑研市打了三通電話到一一〇報案台。第一通是在研市家的起居室，趁他媽媽悠子去庭院的空檔，第二通是津田和彥在自己家裡打的。

「是研市要求他假冒哥哥健一的身分吧？」

「是的，難怪在第一通電話裡，他能正確說出家裡的電話，卻不記得門牌號碼，當時我就覺得有點奇怪，懷疑打電話的恐怕不是他自稱的那個人……到底爲什麼要打那種電話？我不認爲他眞正的目的，是希望警方重新偵辦八年前哥哥被綁架的案子。」

八杉俊江和安原走出校門，在前往荻窪車站的路上談論這件事。

「其實那起綁票案發生在九年前……九年前的聖誕夜，綁匪和人質的男童成爲焦屍——」

安原說到一半突然打住，望著遠方陷入沉思。

「有沒有可能石黑研市知道一些關於哥哥的案件內情，想透過那種方式通知警方？還是，他對什麼事起了疑心？」

「嗯，有可能……」

安原仍在尋思，心不在焉地隨口應一句。

「又或者，那眞的只是惡作劇？」

「希望如此——噢，今天太感謝您了！要是知道這麼容易就能找到打電話報警的人，就不必勞頓您陪我跑這一趟。」安原接著說：「忘了問一件事，我再去一次學校。」

講完，他客氣地向俊江低頭致謝。那身穿灰色西裝的背影，隨即循著剛走過的那條路折返回去。

十五分鐘後，安原回到警察局，重讀第一通惡作劇電話打來的當天晚上，看過的那份九年前的報紙。

雖然石黑健一被發現時連臉部都燒得焦黑，但那具屍體確實是健一。健一已在九年前遭到撕票。既然如此，爲何現在會出現這幾通電話……？

正當安原翻找另一疊舊報紙的時候——

「您在找什麼？」一名年輕刑警問了一聲，湊過來看安原攤在桌面的報紙。

「咦，又墜機了？怎麼沒聽人嚷嚷這個天大的新聞？」他先是訝異地喊了幾句，隨即察覺自己的冒失。「哎，看到日期印著十月十五日，還以爲是今天的報紙……原來那起墜機事故已是八年前的事……」

年輕刑警嘟囔一陣，才又問了一次：「您爲什麼要看這麼久以前的報紙？」

「沒什麼，只是上回那個小孩子的惡作劇電話，怎麼想都覺得事有蹊蹺……那起綁票案發生在九年前，但報案電話裡的那個小孩子卻說自己是在八年前被綁架。」

剛才和俊江走到半路，安原又獨自折返學校的其中一個目的，便是向津田和彥確認這個細節。和彥表示，研市的確命令他「告訴警察自己是在八年前被綁架」。

「會不會是小孩子算錯了？」

「對……我本來也是這麼認爲，所以沒放在心上，反正只差一年而已……可是剛才忽然想到，眞的單純是小孩子算錯年數嗎？」

「您的意思是？」

「我在想，有沒有一種可能是：發生石黑Kenichi綁票案的一年後，再度發生石黑Kenichi的綁票案？於是回來翻查八年前的報紙……但並未找到那一類的相關報導。」

「可是，那個名叫石黑Kenichi的孩童不是被撕票了嗎？那就不可能在一年後又一次……」

年輕刑警看著安原的眼神充滿狐疑，覺得這位學長的腦袋似乎有點問題。

「喂，別用那種眼神看我！我是眞的很擔心。」

「您擔心什麼？」

「那個男孩啊……他今天請假沒去上學，我有種不好的預感……」

安原眉間的皺紋變得更深了。

「房門沒從外面上鎖，眞的不要緊嗎？」

石黑悠子帶上研市的房門，一邊擔憂地問丈夫。

「沒事的，他沒辦法從窗戶爬出去，況且這種安眠藥的效果長達好幾個鐘頭……」石黑修平將針筒收進盒子裡，率先步下樓梯。

「可是，總不能像這樣一直把他關在家裡吧？」

「只要拖延幾天，趕緊想出辦法解決就行了。學校那邊就說他感冒要請病假……」

「即使能封住兒子的嘴巴，消息也可能從和彥那邊走漏……加上我們現在把兒子關起來，他不就更認定我們是綁架犯了嗎？」

「不要隨隨便便說出『綁架』那兩個字！我們哪裡做過什麼綁架不綁架的事？」石黑修平穿上西裝準備去醫院上班，一面叮嚀妻子：「聽好，兒子醒來絕對別讓他出門，也不准他靠近電話機。還有，把那個叫和彥的孩子找來家裡，想辦法旁敲側擊，從他口中問出研市向他透露什麼。」

說到這裡，石黑修平的目光停留在妻子滿是憂慮的臉上，安慰道：

「放心吧，萬不得已，就採取最後的辦法。」

「最後的辦法？」

聽到丈夫這句話，妻子反倒更加憂慮了。

安原翻查著八年前的報紙，倏然停下手。他的目光捕捉到十一月十七日社會版的一角印著〈控告醫院〉的標題。

「十天前，上總宗一郎先生（三十歲，公司職員）喜獲麟兒不到數小時，即接到院方告知嬰孩已死於呼吸困難的噩耗。上總先生將此憾事歸咎於院方的醫療疏失，並且提出控告。」

安原牢牢盯著那則報導。那裡正是石黑研市的爸爸任職的醫院。還有一點，報導中提到的十天前，恰恰爲十一月七日。

安原稍早前特地折返小學詢問研市的生日，日期就是這天。

只是巧合嗎？假如石黑研市也在那家醫院出生呢？

這個可能性相當高。妻子極有可能選在丈夫任職的醫院生產……

安原立刻致電醫院，十分鐘後結束通話，緊接著根據寫在那篇報導裡的上總宗一郎住址，循線查到電話號碼，旋即撥打過去。

「這裡是上總家，您好。」

接電話的人，應該是他的妻子。

「這種猜測未免太匪夷所思了。」

一個鐘頭後，坐在會議室的四名刑警，一同注視著正在發表推論的安原。

「我的看法是，在那通看似惡作劇的電話中，研市說的很可能是實話。雖然撥一一〇報案的是他朋友，不妨將那個男孩看成研市的傳聲筒。」

「你是指那句『我從八年前被綁架到現在』嗎？」

安原點點頭，表示其中一名刑警說得沒錯。

「可是研市不是和爸媽住在一起嗎？」

「從另一個角度來看，如果那是綁匪的家，而研市這八年來一直和兩名綁匪住在一起呢？如果研市一直沒發現自己是被綁匪囚禁在那棟房子裡呢？……或者，最近他才由於某個因素察覺了眞相呢？他赫然發現，自己並不是在爸媽的寵愛呵護下，住在那個家裡，根本是被綁匪囚禁在房子裡呢？」

「難道你認爲，八年前研市被現在的父母綁架，當成親生兒子養育至今？可是，石黑大妻前一年才剛被捲入綁架案痛失愛子，也就是研市的哥哥……說起來未免太巧了吧？」

「那麼，請再聽聽看我接下來要講的事，是否也能視爲單純的巧合。當天凌晨兩點，研市在他爸爸任職的醫院出生，有個小寶寶早他幾個鐘頭出生，卻因呼吸困難而沒能活下來。小寶寶的父母控告醫院有醫療疏失，雖然最終撤銷了告訴，但至今依然認爲出生時非常健康的兒子，不可能在幾個鐘頭內就死去。我剛才打電話給那個媽媽，她還記得當天晚上救治寶寶的值班醫師姓名是石黑修平——即日後研市的爸爸。」

「你是說，石黑用了狸貓換太子的招數？」

主任扯著沙啞的嗓門問道。

「我只是認爲，不能排除這種可能性。醫務人員應該有辦法找到活著的寶寶，來調換死亡的寶寶，而研市不曉得透過什麼方式得知這個祕密。實際上是嬰兒掉包案件，但在研市的眼中，相當於綁匪們把他囚禁起來。研市在電話裡吐露實話……『眞正的爸媽以爲我死掉了，到現在還很傷心，其實我還活著』……」

「可是，他在第一通電話裡說自己是九歲……」

「那是為了讓和彥冒充健一。他要和彥假裝成還活著的哥哥，可能是試圖告訴警方，九年前哥哥的綁票案中，隱藏著另一樁綁票案……我可以理解石黑夫妻的心態，獨生子在前一年慘遭撕票，隔年還來不及藉由迎接新生兒的喜悅，忘卻身為受害家屬的傷痛，小寶寶就死了，這個沉痛的打擊使得他們決定變成綁票案的加害人……同樣為人父母，我能夠感同身受。」

說到這裡，安原拿出一張照片。

「這是向校方借來的研市的照片。你們看他的長相，不覺得完全不像九年前報紙上那張照片裡的健一以及爸爸媽媽嗎？」

照片裡，格外稚氣的圓嘟嘟臉上，那雙圓滾滾的眼睛，彷彿要代替緊抿的小嘴巴訴說些什麼……

「研市在家裡養病，他很想見府上的和彥，可否在放學後請他過來一下呢？」

石黑悠子向津田和彥的媽媽吐出這樣的謊言後，結束了通話。等一下和彥過來，她會藉口研市還沒睡醒，拿糖果餅乾給和彥吃，再慢慢套出他究竟知道多少……

她在心裡擬定稍後的流程，剛把話筒掛回機座時，門鈴響了。打開大門，上回造訪的兩名刑警向她打招呼「您好」，臉上同樣堆著分外親切的笑容。

「今天來叨擾，是因又接到那種惡作劇電話，想確認一下研市小朋友是否在家。聽說他感冒了，今天請假在家休息，方便讓我們和他見個面嗎？」

「可是，他在二樓睡覺。」

那是藉口，刑警根本在找藉口！悠子心知肚明，卻無法拒絕堅持的刑警。刑警表示，「基於警察的義務，請容許我們去房間看一眼他睡在床上的樣子」。她暗自盤算著：沒關係，只要別讓他們太靠近研市就不會有事……

兩人進屋，隨著悠子前往研市的房間。每踏上一步階梯，不安與焦慮便宛如波濤般猛烈拍打她的胸口，轉動門把時，連手都在發抖。她刻意站在門口，以防刑警進去裡面，沒想到年輕刑警竟強行闖入並衝到床前，根本來不及攔阻。年輕刑警試著搖醒男孩，旋即將他抱起，緊張地大喊：「安原學長，孩子不對勁！」

得趕緊想個藉口，虛以委蛇……

慌亂中，悠子想開口，豈料嘴巴竟發出一個連她自己都驚詫的聲音。只能說，那是一種猶如呻吟、又似嘶吼的哀叫，無視於悠子的意志而擅自迸發，連心臟都快炸開了。

孩子的母親，應該說是八年前那樁無人知曉的綁票案共犯，隨即雙手掩面，癱倒在地板上號啕大哭。

夜晚的另一張面孔

睡意被一把尖銳的刀子割斷了。

電話鈴聲……是警方打來的。看來，那具屍體已被發現……

剛從睡夢中醒來但意識格外清晰，葉子這樣想著，瞥了一眼腕上的手錶。十一點三十一分……

七點半左右離開那幢屋子，回到這棟大廈往床上一倒，算起來大約是接近八點半吧。腦殼裡面是麻痺的，彷彿自己才是遭到重毆的那個人，直接睡了將近三個鐘頭……其實不能說是睡覺，而是高度緊張導致類似昏迷的僞眠，就像有個清醒的自己緊緊貼在睡著的自己身旁，爲在那幢屋子裡犯下的罪行不停哆嗦……

四個鐘頭前，正確來說，是晚上七點二十八分。不知爲何，被當成凶器的大理石座鐘上顯示的時間，在那場混亂中仍鮮明地烙印在腦海裡。接著是不受意識控制的身體抓著手帕，拚命擦拭進入屋子後碰觸過的每一件物品……

電話鈴聲固執地響個不停。

不可能。葉子反覆告訴自己，屍體不可能那麼早被發現。平田紳作那個男人的妻子雪繪，週末去了位於伊豆的別墅。平田遊說著不太想進屋的葉子：「別擔心，明晚九點以前雪繪不會回來。」葉子還是有些遲疑，他繼續勸說：「妳等於是她的祕書，應該比誰都瞭解，她決定行程就不會異動。」葉子非常清楚，平田雪繪對任何事物都有嚴謹的規範。每一件事彷彿皆有對應的精密藍圖，不允許一分一毫的誤差。不光是行程表，甚至是鋼筆放在辦公桌上的位置都有嚴格的要求……雪繪住屋裡大大小小的所有物品，恐怕都是按她親手畫的藍圖一一對照擺設的吧。然而，她的這項原則，卻在四個鐘頭前惹出禍端。假如那個大理石座鐘，沒有放在客廳那張茶几的那個位置上，我的手就不會在慌亂中一把抓起了吧……是的，在慌亂中。我絕無心藏殺機。問題是，誰會相信呢？有個女人當了將近一年的第三者，突然被男人帶進住處提出分手、突然迸出一句「再來最後一次吧」、突然被推倒在沙發上、突然對男人的那雙手感到極度噁心，於是一把抓起擺在旁邊的座鐘……

事實如前所述。當平田開口說出「在妻子雪繪還沒發現前結束這段關係吧」的時候，葉子順從地點頭，準備走出那幢屋子，不料平田又要求「再來最後一次」，遭到葉子拒絕，他竟惡狠狠地從牙縫間啐道：「反正只是玩玩罷了，多玩一次又不會少塊肉！」剎那間，一股噁心感在葉子的體內翻攪。一切都因這句話而起，但誰會相信呢？……這一年來，每個月將我抱進懷裡至少兩次的那雙手臂，在最後的剎那卻令我感到噁心……假如告訴警方「我眞的很愛他」，恐怕會被當成警方求之不得的殺人動機吧……

電話鈴聲還沒停。

葉子一咬牙，拿起話筒。

「葉子小姐，幸好妳在家……我……」，傳入耳中的聲音，出自四個鐘頭前死在自己手裡的那個男人的妻子。「快過來！出事了……只有妳能幫我！」

頭一次聽到平田雪繪如此驚慌失措的聲音，葉子無暇細想，反射性地問：「要我過去……伊豆嗎？」

「不是，世田谷的家……我變更行程，剛才從伊豆回來……妳來了就會明白，快點！」

平田雪繪不等對方回答，便逕自掛斷電話。葉子握著話筒愣住。她說出事了……顯然那幢屋子裡發生某種情況，使她的聲音變得如此慌亂，並且完全破壞了她的人生藍圖……至於那是什麼情況，只怕我比雪繪更清楚。

握著話筒的手中，依然殘存那一記揮擊的觸感。四個鐘頭過去，引發案件的這隻手卻散發出更加腥臭的氣味。

四十七分鐘後，葉子站在那幢屋子的大門前摁電鈴，連摁好幾下都無人應門。兩分鐘後，葉子握住門把試著轉動。門沒上鎖。大門發出輕微的金屬聲，打開了。葉子脫下鞋，沿著走廊進去，邊茫然想著，這是第三次走進這幢屋子……第一次是一年前，正確的時間是一年又一個月前的某個週日午後，經由朋友的引薦來到這裡，接受幫傭工作的面談。葉子的丈夫不幸於去年車禍身亡，平田夫妻對年僅三十四歲就守寡的葉子深感同情，在將近一個鐘頭的面談後，雪繪說：「妳看起來挺能幹的，別在家裡幫傭，到我的畫廊上班吧。那邊的薪水比較高。」接著，她看向身旁的丈夫，以眼神徵求他的贊同。一位是臉蛋素淨卻宛如化著濃妝的美豔妻子，另一位是打高爾夫球晒得黝黑的皮膚襯托出深邃五官的英俊丈夫；一位是純爲消遣而經營畫廊的妻子，另一位是在大型纖維公司擔任經理的丈夫……丈夫點點頭，沉默地凝望葉子的眼睛。是的，就在那一瞬間定下來了。包括葉子隔天到位於澀谷的畫廊開始上班，以及半個月後的某個夜晚平田瞞著妻子打電話到葉子家，全都在那一瞬間隨著那道沉默的目光定下來了……平田在那通電話裡這樣說：「雪繪不讓妳在家幫傭，是不希望妳這麼漂亮的女人和我有近距離的接觸。」這番話不僅是引誘，也是事實。這一年來，雪繪在自己和身爲下屬的葉子之間畫出一道不容跨越的界線，從那場面談後便不曾把葉子叫到住家，也不讓葉子和丈夫碰面。雪繪不知道的是，丈夫和下屬在背地裡早已破壞，進而摧毀她的人生藍圖……

所以，今晚被平田強拉進屋是第二次，而此時——宛如返回犯罪現場的凶手躡著腳，走向客廳的隔間門的這一刻，則是第三次來到屋子裡。

走在死氣沉沉的屋內，冷冽的夜氣朝葉子圍攏而來。打開通往客廳的隔間門之前，葉子閉起眼睛，再次確認自己的態度是否仍與離開住處時同樣堅決。好，繼續假裝什麼都不知道。今晚沒人目睹自己出入這幢屋子，這一年間應該也沒人看到平田出入我的住處。兩人煞費苦心只爲掩人耳目。半年前的五月底相偕到豬苗代湖旅遊時，在旅館的住宿登記冊上簽的都是化名。在兩人的關係沒有曝光的前提下，警方應該不會把自己列爲嫌犯……只要將這個一無所知的角色演得夠逼眞……

葉子開了門。燈光照射下，寬敞的客廳映入葉子的眼簾。雪繪就在視野的正中央。她癱坐在地板上，臉伏於茶几，兩條腿呈八字大叉，平日的端莊盡失。看來，在發現丈夫屍身的那一刻，這個女人的未來藍圖也應聲湮滅……對了，屍體呢？葉子的視線移向雪繪身旁的沙發。

葉子舒了一口氣，屍體上蓋著一條紅毛毯……

「這到底是怎麼回事？」

聽見葉子慌張的聲音，雪繪緩緩抬起臉。無神的眼睛彷彿一時想不起葉子是誰。

「發生什麼事？」

這句問話總算讓雪繪回過神，重新聚焦的目光像想起什麼似地投向沙發上，她旋即一個勁地搖頭。

「我先生死了……我從伊豆回來就看到他倒在沙發上……」

「……是發生意外嗎？」

「不是！他沒流血，可是後腦杓受傷了……是被這個……」

雪繪看向滾落在茶几和沙發之間的大理石座鐘，聲音帶著顫抖。

「您先生被殺害了嗎？」

葉子驚呼出聲，自然得連自己也感到訝異。雪繪先是點頭，隨即又搖頭，像在表示「這件事與我無關」。

「警察呢？報警了嗎？」

「還沒……光是打電話給妳就耗盡力氣……」

「那得趕快報警才行！」

葉子朝著客廳角落的電話機邁開腳步，雪繪霍然起身，撲過去阻止。

「不行！」她大叫，「警方第一個懷疑的會是我！」

雪繪拚命甩頭，披頭散髮。葉子攙摟著她坐進沙發後，也沿著椅面的前緣輕輕坐在一旁。

「為什麼說第一個懷疑的會是您呢？**董事長**，您沒有道理殺害先生吧？兩位鶼鰈情深，連吵架都不曾有過。」

「只有妳不知道實情！」雪繪雙手掩面，「我認為沒必要讓妳知道眞實的情況——但其他人都很清楚，我們夫妻的感情早在好幾年前就降到冰點。昨晚我們才剛大吵一架，康代也聽到了。妳知道吧，就是每星期來打掃兩次的那個女傭，她也去過畫廊兩、三次……警方想必會把這件事列入殺人動機。事實上，我們今天早上已談妥，他答應我會和那個女人分手，吵吵鬧鬧這麼多年終於和好……他說今晚會向那個女人提分手，明天就去伊豆找我，夫妻倆在伊豆再次把話談開，攜手重新出發……兩點出門時，他還體貼地叮嚀我路上小心，而我也……可是，沒人能為我作證呀！警方肯定會把昨晚康代聽到的爭吵聲，視為我們夫妻相處的常態。」

紅毛毯的凹凸起伏，勾勒出底下那具屍體的輪廓。葉子冷眼凝視那張毛毯，開口問：

「女人……那個女人……您的意思是，先生有外遇嗎？」

葉子提心吊膽地警告自己，語氣必須盡量自然，一開口反倒變成不自然的沙澀嗓音。幸虧尚未鎮定下來的雪繪，無暇注意到葉子異樣的聲音。

「結婚第二年就外遇了……他在外頭的女人多到數不完，我連生氣都來不及……對了，妳還記得去年來這裡面試的情景嗎？……當時我們一開，臉就垮了下來吧？那是因爲妳長得太漂亮了，而且是平田最喜歡的那一型。我不希望妳和我先生有近距離接觸的機會，所以派妳到澀谷的畫廊上班。就在那不久前，他看上家裡的女傭，我好不容易才逼他們分手……沒想到他不知悔改，又有了另一個『女人』。」

「……是怎樣的女人呢？」

「沒有任何線索。不過，我很肯定他是今年開始出軌的……」

一聲嘆息從掌間逸出，雪繪抬起頭，視線在葉子的臉上打量一圈。

「爲什麼妳對那個女人這麼感興趣？」

那迷茫的眼神猶如罩著霧氣的鏡片，讓人覺得不太舒服。葉子頓時感到陷入絕境，隨即安慰自己「別緊張」。若是對抗平時那個全副武裝的雪繪，當然毫無勝算，可是現在面對的雪繪，不僅被捲入突發案件，並且被埋在她親手打造的人生藍圖坍塌後的瓦礫堆底下，應該能拚上一拚……葉子還沒想好該怎麼答覆，已先憑著直覺開口：

「您不是說先生今晚會向那個女人提出分手嗎？既然如此，就有可能是被那個女人殺害。」

葉子覺得自己的答案十分完美。這樣一來，便能接著探問雪繪對丈夫和那個女人的事瞭解到什麼程度……

「妳還眞冷靜。」雪繪的瞳眸依然像罩著霧氣的鏡片。「這也難怪，像妳這樣貌似弱女子的人在緊要關頭往往意外堅強，我這種平日裡的女強人反倒脆弱……噢，我方才慌了手腳，竟忘記那麼重要的事！他今晚想必按照承諾，和那個女人見面談分手，於是那個女人動了殺機……」

「恐怕是的。」

葉子點點頭。沒錯，就是這樣，任誰都會如此推論……不會有人認爲是失手殺人，絕對是那個被甩的女人心懷殺機，痛下殺手……更妙的是，不論雪繪或警方，都不會知道那個女人就是她……目前還不必擔心雪繪聯想到眼前的部屬身上，不過……

「可是，如果案發地點是在這幢屋子，爲什麼您先生要約在自家談分手？」

葉子提出這個令人在意的疑點。

「不難理解——他擔心自己到了賓館那種地方會反悔，而且在和妻子一起生活的地方提出分手，那個女人總不至於厚臉皮地說『不行』吧。妳不曉得，他換情婦和換衣服一樣頻繁，結束每一段關係時更是老謀深算。可以說，像他這種卑鄙的男人遭到殺害也是天經地義……」

葉子怎會不曉得呢，從一年前的第一通電話就曉得平田有多卑劣。明知他那麼卑劣，爲何會無法自拔……蓄積於體內的淚水隨著情感的爆發，幾乎要奪眶而出。不行，現在不是哭的時候！葉子告訴自己，硬生生將淚水收了回去。

「沒錯，只要知道那個女人的身分，警方一定會先懷疑那個女人而不是我！」雪繪說完，旋即搖頭否定：「沒用的，我只知道那個女人用過一次的化名。」

「化名？」

「對，今年五月他們去了豬苗代湖。我先生說去輕井澤打高爾夫球，回來以後我卻在他口袋裡搜出旅館的火柴盒，相當可疑……我打電話問過那家旅館，兩人留在登記冊上的都不是本名。」

「既然不是本名，您又怎麼確定那兩人就是您先生和那個女人呢？」

「我先生通常會借用一個叫『藤倉明』的部屬的名字……旅館人員告知住宿旅客中沒人姓平田，我試著改爲詢問那個名字，果然料中了！」

藤倉明——對，平田寫在登記冊上的就是這個名字！而且和同行女子的化名寫在一起……

「旅館人員告訴我，和他同行的女人用的化名是『清美』。」

「可是，那個女人留的也許是本名。說不定您先生用了化名，但女人寫的是本名……」

「不，絕對是化名，因爲清美是我小姑的名字……對，就是這一點！多虧那個女人用了化名，我又掌握到一條線索。」

葉子沒有接話，極力控制著臉部的表情，將緊張的情緒全都移轉到手指，牢牢揪住襯衫的前襟。

「在打給旅館的那通電話中，我覺得既然連女方都得用上化名，表示她應該是我認識的人……」

雪繪的目光又變得迷茫。然而，葉子感覺那雙失焦的眼睛，彷彿正朝著自己發出針一般的尖叫：「那個女人就是妳！」同一時刻，她揪著襯衫的手指忽然感到一股不安。當葉子霍然明白是怎麼回事時，險些放聲大叫——胸前缺少一枚鈕釦。好不容易才忍住叫聲，爲了轉移注意力，她問了一句：「您想得到會是誰嗎？」

「毫無頭緒。實在想不出來身邊的哪個人會背叛我……不過，第六感告訴我，一定是我非常熟悉的人！」

不可以在雪繪面前低頭看自己的胸口，葉子僅憑指尖的觸感就確定鈕釦缺了一枚。今晚六點接到平田的電話，六點二十分換好衣服出門，七點十分到達與平田家距離最近的車站，並且搭上平田的車，十分鐘後被帶進這幢屋子裡……葉子非常肯定離開住處時整排鈕釦都在。電車上雖然人多擁擠，但襯衫外還罩著一件厚大衣，裡面的鈕釦不可能被擠掉，而脫下大衣後唯一會導致鈕釦脫落的激烈動作，只有在這個客廳裡，被平田推倒在沙發上的時候……

這個客廳的角落，有足以證明葉子是凶手的微小物證……

然而，葉子的眼神沒有絲毫飄移，反倒直勾勾地凝視著雪繪，問：

「您先生的記事本或日記上，是否寫有關於那個女人的線索？」

「他知道我會不定期檢查他的記事本和隨身攜帶的物品，不太可能明目張膽地留下相關的線索。事實上，我一個月前才檢查過，並未發現任何可疑之處……那只旅館的火柴盒是他罕見的失誤。」

「可是，昨晚兩位就是爲了那個女人吵架吧？」

「不是的，起初是爲了別的理由吵架，吵到一半我忍不住提出三月開始心生的疑慮，沒想到他居然乾脆地承認，於是我們愈吵愈凶……」

「您沒問對方是怎樣的女人嗎？」

「問了呀……可是，他說只是逢場作戲罷了，已打算分手，沒必要特地再提一個無關緊要的女人傷害我……」
雪繪明明面無表情，看起來卻像在冷笑。為了躲避她的視線，葉子緩緩起身，環視四周。
「怎麼了？」
「或許有什麼線索留在屋子裡。說不定那個女人今晚會折返此處……哪怕是一根凶手的頭髮，也可能成為關鍵證物。」
葉子表現得若無其事，極力避免讓對方察覺這句話其實是說給自己聽的。「也對，的確有可能」，雪繪想幫忙尋找，才起身就頭暈站不穩。
「董事長請快坐下，交給我就好。」
葉子連忙勸阻雪繪。
葉子幾乎整個人趴在地上，首先在屍體橫陳的沙發周圍，手眼並用搜索地毯，不一會，視線和手指便停在某處。
居然一下就找到了。目標物就在垂落沙發的毛毯旁邊，隱約泛著光澤。
葉子鬆了口氣。這枚小貝殼釦看似平凡無奇，卻是致命的犯罪跡證。葉子貼在地面的手飛快捻起，扭轉上半身佯裝檢查茶几底下，趁機將鈕釦塞進穿在襯衫外面的開襟毛衣口袋。

之後，葉子繼續在寬敞客廳的地毯上四處爬行。原本有些擔憂地毯上或許會殘留幾根自己的頭髮，但葉子並不打算費心尋找。因爲沒有必要。即使警方發現葉子的頭髮，也可解釋是爲了協助雪繪找物證，在爬來爬去的過程中掉落……

雪繪可能是貧血發作，一臉蒼白地蹲在沙發旁。她的膚色像是無色的化石，平時的高貴風采蕩然無存。葉子假裝在盡奢華的客廳裡忙碌搜索，其實全副精神都用來觀察這個女人。這個傲慢的女人不過大自己三歲，卻要求尊稱她爲「董事長」。光是想到有個愚昧的女人，渾然不覺殺死丈夫的眞凶近在眼前，只顧著擔心會引起警方懷疑，葉子這一年來首度心生一股優越感……咦，等一下……

鋼琴上擺著一座銅像。那是雪繪委託著名雕刻家爲她鑄造的全身像。雖然只有眞人的四分之一大小，反倒更加強調雪繪豐滿的肉體曲線，強悍的意志力亦於臉部表情顯露無遺。

葉子不禁害怕起來，視線移向鋼琴旁的電話機上，說著「什麼都沒找到，我看還是……」，一邊轉過頭。

剎那間，葉子撞上雪繪凝視自己的眼神。雖然雪繪隨即別開視線，但在剛才交會的那一眼中，虛弱的她仍射出尖利細針般的眸光。

葉子的優越感瞬間消失，不安的情緒再度升起。

「我看還是打電話報警吧……」

說完，葉子坐回沙發。就在這一刻。不安的情緒又以另一種形式襲來。

茶几正中央那只菸灰缸旁，隨意扔著一副男用銀框眼鏡。

那副眼鏡似乎從葉子進屋時就擱在那裡，只是她剛才忙著注意那些不起眼的小地方，反倒對擺在面前的物品視而不見。

爲什麼？……葉子確定那時仰面倒下的平田戴著眼鏡，那副眼鏡爲什麼會出現在茶几上？

這個疑問化成莫名的不安，在葉子心中蔓延開來。平田其實視力並不差，只是爲了塑造斯文的印象才習慣戴著眼鏡，而今晚那副眼鏡確確實實就在他的臉上。稍早葉子臨走前，最後一次回頭看了屍體一眼，鏡片反射著天花板的光線，使得睜得大大的雙眼彷彿眨了一下……

會不會是發現屍體的雪繪，在蓋上毛毯前，爲他摘下了眼鏡？有什麼理由要這麼做？

問題是，葉子沒辦法直接向雪繪確認。不能讓她發現自己知道平田死去時還戴著眼鏡……不然，用旁敲側擊的方式打探吧……

「我覺得還是由警方調查那個女人留下的跡證比較妥當……您碰過屍體嗎？比方抱起來……」

「沒碰過……一看就知道他死了。我太害怕，只好從隔壁房間拿毛毯蓋住。」

果眞如此，該怎麼解釋這副眼鏡呢？葉子使勁扯下緊緊黏在心頭的問號。儘管不安猶存，但現下有比區區一副眼鏡更重要的事必須處理。

「爲什麼會這麼問？」

雪繪的眼中充滿不解。

「沒碰過就好。屍體上可能有那個女人留下的跡證，警方一定會找出來。既然您說女傭昨晚聽到兩位的爭執，她就能作證確實有那樣一個女人，警方應該會認爲那個女人的嫌疑比董事長大。」

「可是，我無法提出確切的不在場證明啊！」

「您是親自開車往返伊豆嗎？」

「對……所以沒人能爲我作證。我確實到了別墅，可是天黑以後又擔心起丈夫是不是眞的會和外面的女人分手，忍不住趕回來，但警方不會採信這樣的解釋吧。」

這下可以安心了，警方絕對會認爲妻子的嫌疑比外遇對象大——葉子暗暗放下心頭大石，臉上仍擺出擔憂的神情。

「您儘管放心吧……那個女人應該也沒有不在場證明。」

「妳怎麼知道？」

「因爲那個女人當時在這裡殺害您的先生，怎麼可能有不在場證明——」

不待葉子說完，雪繪旋即扭頭逼問：「葉子小姐……妳……」那虛弱卻如細針般的眸光再度射了過來。「妳爲何斬釘截鐵地斷定，是那個女人下的手？」

莫非妳就是那個女人——如針一般的眸光彷彿如此質疑……葉子保持鎮定，宛如戴著面具，態度不動如山。

「聽完董事長的話，我得出這個結論。只要董事長照實陳述，警方想必也會做出同樣的判斷，所以——」

「先不說那些……」

雪繪急著打斷話，目光聚焦在葉子臉部的兩、三公分旁。她沉默幾妙，像是看著葉了後方的東西，彷彿葉子背後有人……葉子感覺身後似乎有動靜，猛然回頭。

「我總覺得那裡有什麼……」

葉子回頭的瞬間，雪繪發出嘀咕。葉子的背後當然沒人，而雪繪看的方向也只有一架鋼琴而已。

「葉子小姐，可以把鋼琴上的銅像往右移大約十公分嗎？奇怪，我白天出門時還在原本的位置上，是誰動過？看得我渾身不對勁。妳去挪回原位吧。」

雖然納悶雪繪怎麼在這個節骨眼上，又犯了一板一眼的老毛病，葉子仍按照指示起身走向鋼琴。

銅像比想像中沉重。葉子伸出雙手握住，費勁地往旁挪動十公分左右，然後走回來。

「順便把掉在地上的座鐘擺回茶几上，我實在受不了。」

雪繪又下了命令。

「留在原位比較妥當吧……您不是說，先生的後腦杓有遭毆打的傷痕嗎？搞不好就是凶器。」

說到這裡，葉子才察覺有件事情不太對勁。毛毯底下的屍體應該是仰躺，也就是臉朝上，既然如此，自稱沒碰過屍體的雪繪，如何知道後腦杓有傷痕？

葉子毫不避諱地直視雪繪。這個女人一定碰觸過屍體，摘下眼鏡的也是她……可是，她為什麼要這麼做？……又為什麼要對我隱瞞這些事？

雪繪抬頭望著愣在原地的葉子。

「妳怎會認為這是凶器？凶器是那座銅像啊，平田在鋼琴旁邊，背對著凶手打電話時遭到暗算……這樣不是比較合乎邏輯嗎？難道妳有證據能斷定大理石座鐘才是凶器？」

因爲是我親手拿起座鐘殺死平田的——葉子當然不能說出這句話。雪繪的眼神和剛才不一樣，透著一抹挑釁，不再掩飾……

「還有，我一直覺得奇怪，妳爲什麼從一進門就堅持要報警？」

「我只是認爲……最好全部交由警方調查。既然人不是董事長殺的，就該盡快報案——」

這回雪繪同樣沒讓葉子把話講完。

「妳怎麼肯定人不是我殺的？……我根本沒說過自己沒殺人喔！」

雪繪突然恢復平常的董事長作派，犀利地反問葉子。

「可是……那是……」

情勢似乎大逆轉，但葉子還無法掌握狀況，只能愣在原處。雪繪好整以暇地從提包裡取出菸，啣著一支點燃，抬眼看著葉子。她的臉上漸漸流露一種迥異於稍早前的神情。

葉子一時難以辨識那是不是微笑。若能稱爲微笑，未免太冷淡……

「嗯，我可沒說過，人不是我殺的喔！」這句話伴隨著煙霧，從雪繪的口中吐出。「之所以一直擔心警方頭一個會懷疑我，就是因爲我殺了平田，用那座銅像……」

不可能，人明明是我殺的……

葉子把湧到喉頭的這句話嚥了下去，頓時失去把握。人，眞是自己殺的嗎？……葉子試圖讓生鏽的大腦重新運作，卯足全力回想**當時**的情況。男人仰倒在沙發上一動不動，葉子下意識地將耳朵貼在他的胸口……心跳完全靜止……可是，確實沒了心跳嗎？會不會是自己在驚慌中誤判？

葉子望向茶几上的眼鏡。假如當時平田只是暫時昏迷，等葉子離開又恢復意識，伸手摘下眼鏡，那麼……

「請問，董事長是幾點從伊豆回到家裡？」

沉默半晌，葉子終於開口詢問。

「十點半左右吧……問這個做什麼？」

「那時候，您先生還活著嗎？」

「這還用問嗎？我剛才不是說，人是我殺的嗎？要是人沒活著，該怎麼殺呢？」

「您爲什麼……爲什麼要殺他？」

「昨天晚上發生爭執，與今天早上的和解都是眞的……可是，所謂的和解是指平田總算答應離婚。葉子小姐，我外面也有男人。我希望跟平田離婚，和那個男人結婚，但平田明明外面也有女人，卻遲遲不肯離婚……直到今天早上才終於解決這個煩惱。我興高采烈地去了伊豆，等著告訴那個男人好消息，沒想到橫生變卦……平田打電話叫我回來……我回到家，發現平田改變主意了。他說『我會和那個女人斷乾淨，妳也和那個男人分了吧』，我反駁『才不相信你的鬼話』，他又說『要是不相信，我現在就當著妳的面打電話甩了那個女的』，接著衝向電話機……他根本不管我是怎麼想的……當按鍵聲傳來，我心想：這是最後的機會，不趁電話撥通前採取行動，我又要過起那種地獄般的日子……於是我不假思索地舉起銅像，朝他的後腦杓……」

雪繪描述時壓低的嗓音，大大提升了可信度。我沒殺人！——葉子在心中吶喊，但現況仍不容許她鬆懈。

「向妳求援實在是正確的決定，妳真的幫了大忙。妳說警方第一個懷疑的會是那個女人……沒錯，只要讓那個女人頂罪就沒事了嘛。況且我……」

雪繪說著，往菸灰缸摁熄了菸，緩緩抬眼，掃視愣在面前的葉子。

「況且，我其實知道那個女人的身分。」

冰冷的眸光徑直射向葉子。這一刻，葉子總算明白這個眼神的含意。「您是什麼時候知道的？」葉子聲音哆嗦，無意識地問著……雪繪並未正面回答，只冷冷地說：

「平田也和家裡的女傭康代偷情。他最後那通電話，就是要打給康代。不過，我覺得讓另一個女人頂替殺死平田的凶手，比康代合適。因爲那個女人……今天晚上已在這幢屋子裡殺過人。」

雪繪目光如炬，透著一絲冷笑……這個女人果然什麼都知道……平田除了自己以外，還和女傭有不正常的關係根本無關緊要了，葉子怕的是那個眼神……

「他一五一十地全都說了。他只昏迷片刻，一清醒就看到妳忙著擦掉指紋，乾脆繼續裝死……等妳離開，他才打電話到伊豆找我……所以要妳頂罪，妳也沒話說吧？妳在擦掉指紋的時候，還不是打算把罪行推給我，好逍遙法外？」

中了暗算。這個女人把我叫到這裡，就是爲了讓我再次在玄關和客廳門把等處留下指紋……

「得知自己沒殺人，鬆了口氣嗎？」

葉子拚命搖頭。剛放下心沒多久，她便驚覺自己落入雪繪設下的圈套，而且是按著雪繪一貫縝密的藍圖，製造出的完美圈套……

葉子一陣腿軟，勉強撐住身子站著，疑惑地反問：

「爲什麼……爲什麼要向我坦承是您下的手？只要您不承認，我會永遠以爲自己是凶手，這樣對您不是比較有利嗎？」

「是呀，前提是要能完美複製妳的犯行。問題是，我沒辦法完美複製妳的行動。那個時候我先生已摁下電話號碼，我一急，根本顧不得去拿妳用過的凶器，只能就近捧起那座銅像……這樣一來，即便妳遭到逮捕，只要經過比對，發現凶器上的指紋不符，立刻就會洗刷妳的嫌疑。另外，妳的犯行和我的犯行有一項最關鍵的差異，妳遲早會發現這件案子不是自己做的。」

說著，雪繪突然站起來。

她要殺我——葉子的直覺這麼想，不由自主地退了兩、三步。雪繪敢說出一切，表示在報案之前根本沒打算留我活口……

然而，雪繪並未對葉子動手，自顧自地走向電話機，拿起話筒。她要打電話給誰？……警察局嗎？

對方很快就接聽。

「嗯，結束了，馬上過來……兩分鐘就到了吧……等一下，我換葉子小姐聽。」

雪繪遞出話筒。她不是打到警察局，葉子只知道這一點。身軀不聽使喚，像被吸過去似地走上前，接過話筒。

「是我……」

低沉的嗓音鑽入葉子的耳中。

「……你是誰？」

葉子聲音沙啞。

「是我啊，就是今天晚上被妳殺過一次的男人。交往了整整一年，最後居然殺了我，爲免太過分。」

是平田的聲音……錯不了……

話筒從葉子手中滑落。原本握住話筒的手緊緊摀住嘴巴，不讓自己發出尖叫。雪繪撿起垂落地面的話筒，並掛回去，接著轉過身，眼底再度透著笑意……還活著，平田還活著！可是，如果他還活著，那麼……

葉子用力甩頭。沙發上確實有一具屍體……等等，那眞的是屍體嗎？蓋在毛毯底下的眞是屍體嗎？……這一切不過是場戲……下一秒，葉子衝向沙發，猛力扯下毛毯後，連人帶毯跌坐在地。葉子震驚地瞪著沙發。

葉子無法確定自己受到驚嚇的正確原因——是由於眼前的確有一具屍體，還是那具屍體是一個陌生的男人……雖然沒細看長相，但單從身形就知道絕對不是平田。平田不是這種又肥又醜的男人……等等……莫非這具屍體才是平田？

「妳沒見過吧？我來介紹一下……這是外子，平田紳作……」

雪繪從容不迫的聲音傳來。她的話聽在葉子的耳中，彷彿來自另一個遙遠的世界。

「我其實也有失誤，就在妳第一次來這裡的那天。我記錯日期，以爲妳隔天才來，而當天我先生不在，所以我把外面的男人帶進家裡。我去應門見到妳不禁愣住，但隨即恢復冷靜，沉著應對……至於後來我是如何瞞過妳的，應該用不著多說吧……另一個失策，就是沒算到他居然冒充『平田』勾引妳。我從他口袋裡搜出那盒火柴，打電話到豬苗代湖的旅館後，馬上明白是怎麼回事。因爲他在旅館登記的不是化名，而是本名……」

藤倉明——這個名字掠過葉子的腦海。

「後來藤倉向我坦承了妳的事，可是我沒資格約束他。藤倉說，在我離婚前，他是自由之身……直到今天早上，所有的煩惱總算解決。我等先生出門去康代家，就把這裡的鑰匙交給藤倉……原先的計畫是，藤倉和妳談完分手便去伊豆找我。本來一切都會很順利……不料妳居然闖下那種大禍……我一接到藤倉的電話立刻從伊豆飛奔回來，在屋裡和藤倉交談時，先生突然進門……發現我的外遇對象竟是他的部屬，他暴跳如雷，命令我『馬上和他分手，我也不會和康代繼續來往』，然後如同我提過的，他去打電話……我一時心急，於是……事情發生後，藤倉安慰我：『別擔心，妳只是把剛才那個女人做過的事，重做一遍而已。』」

玄關傳來聲響，腳步聲從走廊接近客廳……面向葉子說話的雪繪，慢慢靠過去……

「最關鍵的差異在於，死者根本不是同一人，我無法完美複製犯行。於是藤倉建議，『只要布置成那個女人在這裡自殺就行了』。」

我得趕快逃命……可是，該逃去哪裡？門把發出轉動聲。葉子正要拔腿逃跑，雪繪隨即撲過去，粗壯的手臂牢牢箝住葉子的身軀，那肥厚的肉體箍得葉子幾乎無法呼吸。門開了，屋裡迴盪著女人的慘叫聲，葉子以爲是自己喊的，但不是……

那聲音也不是雪繪發出的。雪繪放開葉子，扭頭望向隔間門，只發出嗚噎似的呻吟……

門邊出現一張面孔，不是平田。不對，應該說，不是這一年來假冒平田的男人。葉子對葉子跟著望去。

那張臉有一點印象……

「康代女士，妳怎會在這裡……？」

站在門邊的那個人，平靜地回答雪繪的疑問。

「我在剛才那通電話裡聽見慘叫聲……還聽到先生大喊『妳居然敢殺我』。猶豫了很久，我還是決定報警，他們已在外面……」

「不可能！」雪繪吶喊，「那通電話根本還沒打出去！他還沒按完所有號碼我就……」

「當時確實接通了……先生把我家的電話設爲三位數的快速撥號，夫人不知道嗎？……我在電話裡，還聽到夫人後來和什麼人交談的聲音……所以我……」

葉子恍恍惚惚地聽著那個話聲，恍恍惚惚地看著雪繪的神情。那是雪繪不曾顯露的另一張面孔……一張與瞬間瓦解的人生藍圖，同時崩潰的女人面孔。

孤獨的關係

我去讀賣樂園那天是三月底，這樣算來，大概是兩個多月後出事的。是的，就我一個人去……

既然事情已發生，也就無須繼續隱瞞，我會坦承一切。約莫是去年夏天吧，我變得沒有自信——妳問我對什麼失去了信心？還有別的嗎？當然是懷疑自己適不適合當個「女強人」嘍。我心裡其實明白自己還不到三十歲，用不著焦急，然而，從去年夏天起，對於那個逼近三十大關卻毫不在意的自己，我漸漸產生恐懼……人們一聽到在時尚產業企畫部工作的女人，往往會連結到「平步青雲」的印象，工作內容具有高度挑戰性，不是公司裡的那些端茶小妹能相提並論的。每當我開會時以夾著原子筆的手指撩過髮間，或是以斜腿坐姿在成田機場大廳等候飛往國外出差的班機時，總是陶醉在猶如美國電影場景的氛圍中……

可是，我害怕的就是這一點。看似乘著風悠然翱翔天際，卻驀然驚覺自己離婚姻愈來愈遠……倘若我只是一個端茶小妹，大約已和攝影師之類的男友步入禮堂，即使對方並非最理想的人選。但我正值順風上升期間，繼續展翅高飛多好，何必為了區區那種男人，斂起翅膀下降著陸？……是的，就是那種想法令我如坐針氈。順風飛行固然美妙，萬一風突然停歇，而我又忘了拍動翅膀的方法，不就會從高空猝然摔落在地？……這只是一種感覺，並不是清清楚楚的認知，彷彿腦中某個角落有盞綠燈逕自一亮一滅……我全心沉浸於工作時，號誌燈卻愈閃愈快，在即將進入三十歲的倒數階段，眼看著就要變成紅燈……

眞羨慕**麻美**妳呀！就算沒有一絲風，妳也能飛得很好……我個性一板一眼又不討喜，沒辦法像妳這位情場老手一樣享有眾星拱月的待遇……理智告訴我，不要做那種美國電影似的白日夢，窩在籠裡安分守己過日子才好。

明知如此，我還是很喜歡這份工作。尤其是公司通過了我今年提出的企畫案，特聘紐約頂尖設計師設計的內衣，不是隆重上市了嗎？回想那段日子，我曾一連兩週飛往紐約，多希望一輩子就那樣沉浸在成爲空中飛人的美夢中不要醒來……不料，燈號閃得益發急促，我內心的恐懼也跟著攀升到最高點……於是，那項企畫案告一段落後，我選在三月的最後一個星期日，獨自去了遊樂園。是的，就我一個人……

妳問我是去狩獵男人嗎？我才不做那種事呢！若想認識對象，會挑其他更適合的場所。我只是去那座遊樂園認清「現實」而已……去尋找那個躲在夢幻面具底下的我，在現實世界眞正的樣貌……

由於正值春假，那天遊樂園擠滿扶老攜幼的家庭遊客。五花八門、形色各異的遊樂設施在藍天下不停旋轉，宛如一座夢工廠。孩子的歡笑和尖叫，爸爸的笑容和媽媽的斥罵……在這裡，「家庭」一詞彷彿是萬花筒裡的色珠亮片，有著成千上萬的不同組合，而「結婚」二字也像被人拿放大鏡檢視，看得又大又清楚。

我想，沒有其他讓獨自前來的女人感到如此格格不入的地方了。我是專程去品嘗淒涼的滋味。用這種方式傷害自己，說不定會激發出渴望結婚的那一面。

假如想讓一個成天嚷嚷著絕不結婚的女人改變主意，最好的辦法就是把她單獨扔進星期日下午的遊樂園。遊樂園會化爲一面巨大無比的鏡子，將單身女子孤伶伶的背影映照得清晰分明。我在雲霄飛車的售票處前排隊，準備搭乘時——妳知道的，那裡不是豎著「心臟病患者請勿搭乘」的警示牌嗎？我望著那塊牌子，上頭的文字彷彿逐漸變形成「單身女子請勿搭乘」，最後我只好離開隊伍。是的……就在我放棄排隊的那一刻，忽然有人喚住我。

「野木小姐……」

回頭一看，只見白井經理懷抱一個兩、三歲大的女孩，帶著半驚半喜的神情站在我眼前。其實，我當下並未認出他，只是感覺有個排在那條人龍後方的男人直盯著我笑。平常總是穿西裝打領帶、一派幹練的經理，像時下的年輕人穿藍色毛衣搭牛仔褲，起初我以爲是不認識的人……不是的，原因不在服裝，而是神色完全不一樣。工作時，他會闡述明確的意見與下達清楚的指示，但多半寡言少語，身上有著一種近來罕見的穩重氣質，笑的時候也只在嘴角露出一絲笑意，可是，此刻抱著小孩哄搖、對著我微笑的表情，竟比他身上的服裝還輕鬆隨性，單純是個「盡量撥時間陪伴家人的好爸爸」。

在遊樂園裡的每一個爸爸，看起來都是圓潤和善的面容，連精明能幹的經理平素那張棱角分明的臉孔，輪廓也變得柔和許多……受到驚嚇的我忙不迭地點頭致意，心頭怦怦直跳，彷彿不經意目睹經理的裸體。我強自鎮定，走上前問：

「您今天是特地帶家人來玩嗎？」

直到這時，我才看到經理身邊站著一名女士……

不待經理介紹，我已知道這一位是他的夫人。她比我之前聽同事敘述的更爲美麗，分明的五官宛如以尺規精準描繪，顯得冰冷無情，但露出笑容時又變得溫柔可掬，令人傾倒……經理懷抱女兒，夫人牽著今年剛上小學的兒子，眼前的四人正是「美滿家庭」的最佳寫照。

「怎麼一個人來遊樂園呢？」

我總不能向經理坦承眞正的理由，只得隨口敷衍：「說好來約會，我卻被人放了鴿子。」

「約會地點選在遊樂園的男人沒什麼前途，勸妳盡早和他分手吧。」

經理這麼對我說。大概是同情我吧，後來他乾脆帶上我，一起玩到傍晚。我們搭了許多不同的遊樂設施，玩得挺開心，兩個小朋友也親暱地一口一個「姊姊」喊著我……

別緊張，遊樂園那天沒有發生任何特殊情況。經理一家人就像遊樂園裡所有美滿家庭的縮影，和他們相處的那幾個鐘頭，我重新體悟自己其實是個適合婚姻生活的普通女人。從遊樂園出來，我跟著那一家人坐上經理駕駛的車子，前往親子餐廳一同吃了晚餐。餐後，經理又說：「我們家離這裡不遠，來坐坐吧？」於是我應邀去他家做客。

經理家的客廳挑高，裝潢得美輪美奐，像極了刊在建築雜誌上的精品屋。

「房貸壓力實在很大。」經理如此抱怨。在我聽來，房貸其實是將一家四口的心緊緊拴在一塊的甜蜜負荷。我享用著經理親手沖的咖啡，這時已不再生疏的夫人忽然說：

「冴子小姐，請隨我到二樓一下。我之前買了件上衣，尺碼大了些。妳比我高，應該十分合身。」

她的意思是，如果尺寸剛好就送我，但聽起來更像是帶我到二樓單獨談話的藉口。

她領著我進入臥室，拿出一件紫羅蘭色上衣，往我身上比了比，嘴裡說著「我就知道是妳的尺寸」，聲音中卻沒有絲毫興奮……而我的視線也被占據臥室大半空間的雙人床，以及整齊疊放在床角的那套經理的睡衣所吸引。稍早前提到，當經理穿著牛仔褲出現時，我彷彿撞見他的裸體，可是，此刻映入眼中的藍白條紋睡衣，好似沾染著身爲部屬不該嗅聞到的經理體味……我納悶著夫人的用意。

「有件事想拜託妳，請不要讓我先生知道。」神色自若的她忽然如此說道，「請問企畫部目前有幾位女職員？」

「包括我在內，總共七個人。」

「妳手邊有其他六個人的照片嗎？」

「員工旅遊時女職員一起合影了……爲什麼要問這個呢？」

「說來不好意思，有一次我弟弟去公司找他……你們企畫部不是用屏風圍出會客區嗎？有位女職員端茶進去給我弟弟，兩人只簡單聊了幾句，我弟弟卻對她一見鍾情……我在想，那位女職員會不會是冴子小姐？」

我搖搖頭。我根本不知道夫人的弟弟去過公司……

「這麼說，就是另外六人的其中一位。我弟弟記得她的長相，卻講得不清不楚——他就是太憨直才會三十三歲還交不到女友。我想知道是哪一位小姐，希望能夠把弟弟介紹給她。如果明天有空，可否麻煩妳下班後把照片送來家裡，我好拿去問弟弟究竟是哪位。噢，對了，明天是奶奶過來帶小孩的日子，我可以到公司附近，順便去銀座買點東西。」

我隨即答覆「沒問題」，但仍忍不住多問：「您直接問經理，便不必如此大費周章吧？」結果夫人回答：「我小心翼翼地問過一次，他很不高興，強調必須公私分明。」……

雖然隔天我就明白一切全是夫人的託辭，可是，當下那動人的嘴唇漾著溫柔的笑意，讓人深信她的每一句話都毋庸置疑。

不好意思，前言太長了。不過，夫人的倩然一笑，揭開了那起案件的序幕……

第二天傍晚，我在帝國飯店的咖啡廳和夫人見面。她素著一張臉，穿的套裝也很低調，但舉手投足間自然流露的氣度，就像是經常出現在飯店大廳、高級度假區的游泳池，或是湖邊別墅的那種上流人士。在大飯店特有的那種彷彿連空氣都備顯尊貴的晶瑩氛圍中，她綻開我已熟悉的微笑，端詳著相片……那是前年員工旅遊在伊豆拍攝的相片。

拍攝地點是在石廊崎燈塔前，可是相片中既沒燈塔也沒大海，只有七個女人的臉……沒錯，就是被向來毒舌的坂本損為「七顆白香瓜大拍賣」的那張相片。

夫人首先指著後排正中央，那個以冷冰冰的目光表示「憑什麼我得和妳們這些低等的人一起拍照」的人詢問：「這是誰？」……聽我這樣形容，妳應該知道是誰吧？對，就是森口令子。

「森口小姐不會為訪客送茶水，可能性不高……能讓令弟一見鍾情的，應該是這個女孩。」

我指著前排最右邊的島村，為夫人解釋：「她是企畫部年紀最輕的女同事，通常都是由她為訪客送茶水。性情文靜又善良，客戶對她的評價非常高。」夫人的視線在島村的圓臉上停留數秒，隨即搖頭。

「不會是這種好脾氣的女生。我弟弟個性被動，比較喜歡具有領導風格的強勢女性。」

一聽夫人這麼說——抱歉，原諒我——隨即指著麻美妳的臉表示：「那麼，這一位的個性最接近您的描述。」可是夫人馬上搖頭，直盯著前排正中間、笑容充滿自信的倉橋小姐。森口小姐和倉橋小姐都屬於自我中心的自戀型人格，就是同性最厭惡的那種人，對吧？夫人的視線沒離開過倉橋小姐那張笑臉，並且告訴我，這種同性討厭的女人在男人眼中格外有魅力……

於是，我提供了相關資訊。

「這位是倉橋小姐。介紹她和令弟認識，恐怕會徒勞無功。令弟大約小她三、四歲，而倉橋小姐對年紀比自己小的男人毫無興趣。有人說她……現在和一個已婚的中年男人打得正火熱。」

夫人聽完，瞟我一眼，若有深意，但我沒能立即領悟……因為夫人的目光旋即回到相片中的倉橋小姐臉上，問道：「她三十幾歲了？看起來頂多二十幾歲。最近二十五歲的女人和三十五歲的女人，外貌沒太大的差異。」然後，夫人喃喃自語：「眞奇怪，明明只有七個人，怎麼看上去像是一大群女人？想必是每一個女人，都擁有兩、三張面孔吧。」

之後，我繼續介紹另外兩人。記得是在我提到「您說令弟喜歡氣勢較強的女性，也許是梨惠小姐」的時候，原本不發一語看著相片的夫人，忽然拿起相片，掩著嘴發出咯咯咯的詭異笑聲，露出相片上緣的雙眼直視著我，說道：

「沒發現我撒謊嗎？聰明如妳，應該早就發現我沒吐露眞話，但還是繼續配合我演這齣戲吧？我不是幫弟弟尋覓女友的人選，是要找出和我先生在一起的對象。」

我感覺此刻的她不是用嘴巴講話，而是透過眼睛傳遞訊息。那張素淨臉龐上的雙眸，驀然變成描上眼線、塗了眼影似地濃妝豔抹……她驟變的眼神和突如其來的自白使人一時發慌，我當下脫口迸出一句傻話：「可是，經理不是和您結婚了嗎？」

「婚外情呀。大約一年前，我先生就和這張相片中的某個人外遇了——去年秋天，我弟弟偶然在澀谷的道玄坡撞見他們。我先生攙著那個看似喝得爛醉的女人，由於女人的頭垂得低低的，沒能看到長相……畢竟是在那樣的地方，我弟弟覺得不太對勁，決定尾隨在後，不出所料，果然親眼目睹他們走進那種賓館……我弟弟怕我難過沒敢說，直到上星期才和盤托出……其實我不怎麼訝異，早在一年前我就隱約察覺，因爲有一次我在他的內衣上發現一根比我還長的頭髮……去年十月左右吧，某個星期日我去購物，出門後才發現少帶東西，於是回頭去拿，正要打開玄關大門時，傳來他撥電話的聲響，於是我站在門外偷聽。我家的電話機就擺在玄關那邊，妳應該有印象吧？從門外可以清楚聽見講電話的聲音。我聽了幾句馬上知道，他在和一個有親密關係的女人交談……跟我在一起的十三年間，從來沒聽過他用那種像十五、六歲的少年似的雀躍語氣說話……」

夫人說，雖然僅僅掌握這三項證據，但直覺告訴她錯不了。我實在不敢相信，聽夫人敘述時頻頻搖頭——麻美，妳也知道嘛，經理很有女人緣，但向來以家庭爲重，從沒傳過緋聞。妳不也說過，「不是不想勾引經理，但那種類型的男人絕對不爲所動，還是別白費功夫吧」？

「夫人是不是誤會了？」我試著確認。「我們部門有七個女生，如果眞有那種情形，就算經理以爲做得滴水不漏，也很難瞞過這麼多雙眼睛。」

「沒聽說什麼閒言閒語嗎？」

「完全沒有……而且，從夫人剛才提供的這些訊息，也無法確定經理的外遇對象就在企畫部……和經理有業務往來的女性不在少數。」

夫人搖搖頭，手指在桌面敲了兩下。「他在去年秋天我偷聽到的那通電話中提過，『假如妳明天晚上能到我們常去的那家旅館，上午隨便送份文件到我桌前，手指在桌角敲兩下』……所以不會有錯。」夫人嘆氣似地說完最後一句，帶著落寞的微笑看向相片。

「這麼說，我也有嫌疑嗎？」

夫人露出溫柔的笑容，搖頭否認我的問題。

「妳和森口小姐不在名單中，因爲兩位的頭髮比我短……而且，我相信妳。我對自己的眼光沒有把握，但孩子是不會看走眼的。家裡那兩個孩子其實很怕生，昨天卻一直黏在妳身邊。別的大人故意裝出娃娃音親近他們，往往會換來一臉嫌棄。何況，假如妳和我先生之間眞有些什麼，昨天在我面前不可能表現得那麼自然吧？昨天見到妳的一個小時後，我就排除了妳的嫌疑，並且決定要拜託妳幫忙。」

「需要我做什麼事呢？」

「除了森口小姐以外，請妳從其餘五個人當中……」

「該不會要我查出誰是經理的外遇對象吧？」

聽我如此反問，夫人擺擺手，笑了。

「別緊張，那種專業的事得找徵信社……妳只要幫個小忙，稍加留意那五個人的舉動就行了。如果眞有曖昧關係，肯定會露出馬腳。舉個例子，我先生說這個星期日要去打高爾夫球，我怎麼想都覺得他其實是去和那個女人約會。所以，妳只要若無其事地隨口打聽當天誰要出門……他們也許會沿用敲桌角的暗號聯絡，請妳觀察一下五人當中是誰靠近我先生辦公桌做出那個動作……儘管放心，即使查到什麼線索，我也絕不會讓他知道是妳幫的忙。」

夫人說完，露出足以讓對方緊張的情緒穩定下來的笑容。我不免有些躊躇，無法一口答應，但最終還是向那個笑容投降了……我心裡明白，剛才瞬間窺見的那雙濃妝豔抹的眼眸，依然在她臉龐上閃現，因此絕不可輕易相信面前的這張笑容，況且她說過每個女人都擁有兩、三張面孔，其實說的或許是自己。我感受得出，在這張素淨面龐的微笑底下，藏著一張塗脂抹粉的面孔，甚至是我還沒察覺到的另一副凶惡猙獰的嘴臉。事實證明，我當初的第六感是對的……然而，當下我唯一的選擇，只有相信那抹溫柔的微笑。

老實說，我不無湊熱鬧的心態，萬萬沒想到夫人後來竟會做出那種犯行。現在坦承只是覺得有意思才幫她的忙，想必會招來世人的唾棄吧……可是，不能全怪我啊，當時我怎麼想像得到夫人會編出天大的謊言？

隔天起，我立刻全心投入如今回想起來荒唐至極的偵探角色。

既然夫人從年齡考量，推測倉橋小姐的嫌疑最大，我也鎖定她爲頭號嫌犯，而且是在名字上加強劃記的那種……誰教她趾高氣昂地到處吹噓和有婦之夫在談戀愛，但沒人知道對方的眞實身分嘛……以她惹人嫌的作風，不是很可能一方面徹底保密外遇對象，另一方面卻又故意不時炫耀自己與人婚外情的成果嗎？

況且，經理不論在外貌、工作能力和性格上，皆堪稱男人中的極品——這正是看到名牌貨便非搶到手不可的倉橋小姐，無法放過的完美獵物。然後，對不起，在倉橋小姐之後，我把麻美妳列爲第二號嫌犯。

由夫人提供的詳細線索可知，經理曾有兩段婚外情，而且都是在女方積極進攻下淪陷……所以麻美最有嫌疑。因爲夫人說，經理覺得那種類型的女性別具魅力，從旁觀者的角度冷靜分析，我也認爲鎖定的五個目標中，經理最喜歡的應該是麻美……

如果我的印象沒錯，第二天恰巧是四月一日，妳應該記得我問過大家：「聽說這個星期日櫻花會盛開，要不要一起去賞花？」結果妳從旁揶揄了一句：「該不會是愚人節玩笑吧？」

如同夫人提供的訊息，經理果然馬上拒絕：「我去不成，和別人約好要打高爾夫球。」大部分的女同事都猶豫著說：「好煩惱到底要不要去」……唯獨麻美妳馬上舉手表示：「我要去！」

可惜，計策徹底失敗。因爲那個星期日，經理確實去打了高爾夫球。當天一早，夫人撥了電話到我住的大廈告知：

「我先生真的是去打高爾夫球，剛才老球友開車來接他。」

聽到這個消息，我有點失望。幾天前相約賞花時，多數女同事都說「當天有興致就去」，我原本盤算著要將誰來了、誰沒來的結果，一一回報給夫人。

沒錯，我一心想當稱職的偵探。賞花那天不是去了五個人嗎？我刻意假裝隨口提到經理，試探其他四人的反應。

像麻美妳那樣馬上嚷嚷著「我最喜歡經理那一型的男人了」的人，當場排除嫌疑，其他三人仍處於灰色地帶。例如，島村略顯猶豫地看著下方說：「如果非要用二分法，就是喜歡吧。」平常做事明快的梨惠小姐卻支支吾吾地回答：「經理只是主管……我沒把他當成男人看待。」倉橋小姐刻意撇清似地冷淡表示：「我對經理一點興趣也沒有！」這些反應都讓我覺得是可能的人選……嗯……不過仔細一想，還是倉橋小姐那種沒好氣的口吻……嫌疑最大。

接下來的那一週，我在公司持續進行監視……妳不覺得倉橋小姐和經理年齡最接近，雙方的關係卻也最生疏嗎？經過觀察，那兩人在公司裡只談公事……我甚至覺得他們連談公事時，都刻意避開彼此的視線……

我思考過，兩人的這種表現，反倒大大提高了他們在公司以外的地方，有著曖昧關係的機率……儘管沒有發現明確的事證，週末和夫人通電話時，我還是如此報告：

「雖然還無法肯定，但我認爲倉橋小姐最可疑。」

「是嗎……」

夫人語帶遺憾地應了一聲，隨即陷入漫長的沉默，半晌過後才又開口：

「先別心急，近日應該會有**機會**……短期間，麻煩妳照樣留意我先生和女同事的互動。」

「好的。」話筒這頭的我先是點頭答應，旋即察覺夫人剛才用了**機會**這個字眼，忍不住半開玩笑地詢問：

「夫人……您似乎有點期待經理發生婚外情？」

「沒那回事……」

夫人輕輕笑著回答。

「可以冒昧請教一個我疑惑許久的問題嗎？萬一找到確切的證據，得知經理的外遇對象，到時候夫人打算怎麼做？」

「我會離婚……」

給出這句話之前，夫人頓了一頓，像是遲疑著該如何答覆，下一秒旋即以令我訝異的堅決語氣如此聲明……

「……原因不單是這次的婚外情，其實我已不愛他。只是考慮到孩子，除非有什麼嚴重的導火線，否則不會輕易走上離婚一途。這次的婚外情恰好點燃那條導火線……只要找到確切的證據，我就會攤牌，立刻離婚。」

那乾澀的聲音彷彿是在說笑，我不太確定地再問一次：「您不是在開玩笑吧？」

「當然不是開玩笑！我第二次抓到他外遇時，便認眞打算離婚，可是當時我肚子裡懷著第二胎，他又向我發誓絕不會再拈花惹草，這一年來也的確以家庭爲重，於是我暫時打消念頭。沒想到，他的洗心革面，只維持短短一段時間。」

夫人還表示，她也沒想到自己面對丈夫第三次的婚外情，居然能夠如此冷靜。一旦掌握證據，她就會提出離婚，並要求這棟房子做爲贍養費。「那麼，假如經理離婚之後，和這次的外遇對象結婚，您不會在意嗎？」我好奇地詢問。「要是眞的有人願意收留他，我立刻雙手奉上。」夫人當場回答。

我並不相信她紙片般乾燥的聲音，說出來的每一個字。因爲我察覺那個溫柔微笑的背後，有著比一般女人更強烈的自尊心，說出來的話也都別有用意。然而，我不曾踏入婚姻生活，無法反駁她的那句「做了十三年夫妻也不過是這麼回事」，只得回答「好的，我再繼續觀察。」

隔週，先找到「機會」的是夫人。

忘了是星期二或星期三，我剛要去公司上班，忽然接到她的電話：

「午休時間方便在上次那家飯店見面嗎？」

於是，我趁午休前往赴約。夫人一見到我，隨即用手提包遮住臉，偷偷摸摸地遞給我一件東西，是她丈夫的內衣……

「妳熟悉香水吧，聞得出是什麼牌子嗎？我對香水一竅不通。」

我有些為難，但無法拒絕，只好湊上去聞了一下。

「是Courrèges，應該沒錯。」我這樣回答……並且在她提出下一個問題前，先告訴她答案：「我們公司用這款Courrèges的只有兩人。」

至於那兩人，除了麻美妳，另一個就是美幸小姐——對，就是叶美幸。到了這個階段，我已完全排除妳的嫌疑。因為夫人很有把握地表示，經理的內衣是在前一天晚間染上香水味，而昨晚妳和我一起去看電影，之後我們還喝酒直到深夜……

取而代之，進入嫌犯名單的是美幸。她預定在今年夏天結婚，所以我一直沒將她列入考慮，可是並沒有任何一條法律，限制有未婚夫的女人不能腳踏兩條船。香水和汗水的氣味混在一起，我不禁想像經理和美幸在床上肉體交纏的畫面……就是公司那些男同事常在私底下談論的，比東南亞女性更凹凸有致的玲瓏曲線。

先為我接下來要說的話道歉——美幸長得並不漂亮。有人說，她是靠著那副身材釣到金龜婿。不不不，這不是我說的，而是那些男同事。

話說回來，不能單以香水的味道，認定美幸就是那個女人。很多女生家裡有各種款式的香水，而其他女同事也可能只在晚上用Courrèges……就拿倉橋小姐來說吧，儘管她常炫耀「我擁有天生的體香，才不需要什麼香水」，其實未必不會在歡愛的時刻噴上香水，增加吸引力。

「總之，接下來我會加強監視美幸小姐的行動。」

我向夫人保證。沒想到過了兩、三天，島村的嫌疑突然變大……

那天晚上妳應該沒去，只有我、兩個男同事和美幸，四人去澀谷喝酒。正當我暗中觀察美幸的一舉一動時，山下忽然提到：「對了，上次辦完生田的歡送會，我們也來過這家店吧。島村醉得不省人事，折騰了好久。」去年秋天……對，就是那個時候，妳應該記得十月左右，生田即將派駐紐約，企畫部所有同事到澀谷的中菜餐廳為他舉行歡送會吧？我和妳吃完飯就走了，聽說其他人又去其他地方繼續喝酒。是的，經理也一起去了……

去年秋天。十月左右。澀谷。

後來，我也納悶自己爲何在聽到夫人提起這三個關鍵詞時，沒有立刻聯想到那場歡送會。不過，我們沒有跟去喝酒，根本不知道島村喝得爛醉，也不曉得經理說「沒關係，我送她回去」，所以無可厚非吧。

妳猜對了，他們喝到一半，經理就扶著島村……只有兩人先行離開。

一旁的美幸語帶諷刺：「那時島村小姐是故意裝醉！她有點做作，明明酒量很好，卻用那種方式裝可愛，博取別人的關心。」

聽到這個情報，我趕緊聯絡夫人：

「請問您知道令弟是在幾月幾日，看到兩人走進道玄坡巷子裡的賓館嗎？會不會是十月二十一日？」

夫人隨即向弟弟確認。

可惜她弟弟已印象模糊，甚至隨隨便便答了句「我想想，應該是十一月以後的事吧」。

即使如此，我依然相信自己的推測是正確的。於是，島村的嫌疑陡然上升……

麻美，就是說嘛。如果能隨著更多事證浮出水面，逐一排除嫌疑，最後鎖定在一個人身上該有多好。無奈事與願違，時間愈長，可疑的人愈來愈多。何況……更何況，原本在香水事件之後把妳移出名單，卻不得不再次放回。

是啊，就是黃金週的第一天……二十九日。中午過後，夫人突然來電：「我先生剛才不知道打給誰，掛上電話說有緊急公事要處理就出門了。我覺得他絕對不是去辦公。」

我進一步詢問，發現確實不太尋常，因爲經理告訴夫人和米蘭的公司簽約遇到阻礙，可是，我們前前後後一次都沒聽過和米蘭那邊簽約的事。

「野木小姐，不好意思，我想麻煩妳在一個鐘頭……不，兩個鐘頭後，打電話給其他女同事，看看誰不在家。」

在夫人的請託下，我以「妳知道生田先生在紐約的電話號碼嗎？」當藉口，給她們一一打了電話。

大家似乎都計畫在黃金週的後半段才從事戶外休閒活動，幾乎全待在家裡。麻美……除了妳以外。是的，我知道這並不代表什麼。或許經理是去那個女人家裡幽會，畢竟我們七人當中，有六人是獨自住在公寓大廈……

對不起，我現在當然相信妳是清白的，可是老實說，那時覺得不能將妳移出名單。加上……再加上，我在電話中向夫人報告調查結果後，夫人又提出另一種可能的情況：「關於沾在我先生內衣上的那根頭髮，或許是假髮。昨天去百貨公司，經過假髮專櫃時，我忽然想到這件事。其實發現那根頭髮的當下，我就覺得光澤和觸感都不自然，忘了一併告訴妳，在百貨公司才想起來。」她接著說，昨天在專櫃上試摸各種款式的假髮，益發覺得那是根假髮。

聽到這裡，妳想起什麼了嗎？我馬上聯想到前年夏天，森口令子在公司客戶舉辦的派對上戴了一頂長假髮，嚇了大家一跳。而且，聽完夫人的話，我清清楚楚地憶起森口在那場派對上說：

「這頂假髮是上床專用，正在交往的男友愛死這種觸感了。」

當時我以爲她只是隨口說笑，聽過就忘了，現在回想，如果她說的是實話呢？……這樣一想，原本因爲是短髮被排除在外的森口，反倒變成最爲可疑……另外……對，另外，還有一件事我等一下會詳細說明。先說結論，黃金週結束，我找到經理固定和女人幽會的那家位於丸之內的旅館，每晚要價兩萬圓……

聽到這裡，妳應該明白了吧？如果外遇對象是獨自住在大廈，就不必每次都約在那種昂貴的旅館，而會選擇在女人的住處幽會吧？不方便這麼做的女人，換句話說，就是和家人同住、不得不和外遇對象上旅館的女人，按照我剛才說明的背景，只有一個人……是的，就是梨惠小姐。

事情發展至此，別說鎖定某個人，簡直一個比一個可疑，每項證據都指向不同的嫌犯……

用「嫌犯」這個名詞多有得罪，但終究發生了那起案子……上星期不是發生了那種事嗎？經理在旅館客房裡被那個女人拿刀刺傷，大量出血。經理雖然聲稱「是自己不小心弄傷」，但警方仍立案調查……所以，這已是一樁犯罪案件，企畫部的全體女同事不再只是可疑的外遇對象，而是殺人未遂的嫌犯。從這角度來看，除了自己以外，我應該可以稱呼其他六位女性為嫌犯吧？

什麼？妳問**我**有沒有懷疑過**自己**？……麻美，這句話是什麼意思？難道妳認為我撒謊？原來妳是這麼想的，妳覺得我說的根本不是眞的？……麻美……好吧，妳說得對……我剛才的話裡隱藏著一個天大的謊言……

可是麻美，妳聽我解釋……

我從沒想過要瞞著妳，也知道妳遲早會發現那個謊言，只是為了方便敘述，將**自己同樣**可疑的部分放到後面講而已……別擔心，請聽我娓娓道來，等一下我就會坦承一切——暫且拉回話題。香水指向美幸、頭髮指向森口另子、道玄坡一事指向島村、四月二十九日不在家者指向麻美，還有上旅館的人指向梨惠小姐，種種事證讓我愈來愈混亂……在這個階段唯獨尚未掌握到關於倉橋小姐的證據，但不論心證也好、直覺也罷，夫人和我都認爲嫌疑最大的是她……面對人人可疑的現狀，我開始覺得經理的外遇對象恐怕不只一個，而是好幾個，甚至全部門的女同事都和經理有婚外情……這也不無可能……

不，我沒有向夫人透露那種臆測，而夫人也堅信經理外面只有「一個女人」……雖然她說過經理曾發生兩次婚外情，但那是被夫人抓到的次數，說不定經理表面上是愛家的好男人，背地裡根本是花花公子，也就可能劈腿多人……

關於那個部分稍後再說……我敘述的順序有點亂，總之，四月初以來，我留意起經理撥出的電話。他每星期會撥出一、兩通很短的電話，往往是他先說「嗯，我是白井，又要麻煩你了」，最後補上一句「再見」就掛斷。我不是現在才發現，而是以前就聽過這樣的電話，只是經理的聲音放得很輕，所以妳那邊聽不到，但我的座位離經理最近……其實很早之前，我就納悶經理是和誰通那麼短的電話，自從夫人託我當偵探以後才仔細推敲……應該是打給旅館訂房，而且是他經常光顧的旅館……

我的第六感是正確的。黃金週結束後的五月六日早上，往常打那類電話時總是三言兩語就掛斷的經理，那天卻突然對著話筒發怒：「喂，怎麼回事？什麼叫今天有團客，所以沒空房？我直接找櫃檯經理談，把電話轉給他！」我一聽就知道自己猜中了。

一會過後，他對著電話說：「抱歉，給你添麻煩，那就拜託了。」大概是和櫃檯經理談妥了。於是那天傍晚我向夫人回報，接著就去跟蹤經理。

跟蹤？是啊，一開始我也以爲，對業餘偵探來說是高難度的任務……沒想到意外容易。那天經理加班到七點以後才離開公司，所以我在公司前面的咖啡廳足足等了兩個鐘頭，不過，跟蹤本身不費吹灰之力，因爲他走出公司，隨即搭乘地鐵到東京車站，出站後步行兩分鐘左右就進入那家旅館。

我站在旅館外面，看著經理和櫃檯男職員簡短交談後走進電梯，連忙進去詢問同一個櫃檯男職員「我想請教剛才那位客人……」，卻只得到一句冷淡的「無法告知客人隱私」。不過，我總覺得在哪裡看過櫃檯男職員那張像是大學剛畢業的青澀面孔，後來這個印象果眞派上用場。

只是，當天我終究沒能查出那個女人的身分……我遮遮掩掩地守在大廳一隅等了將近三十分鐘，還是沒能看到可疑的女人現身。恐怕是她先進去房間等經理了，我只好死心回家。外行人當偵探畢竟不夠專業。

之後，經理依舊以每週兩次的頻率，打電話到旅館訂房。那段時期我的工作比較輕鬆，有空閒先去旅館大廳等經理出現。在大廳埋伏並不簡單，從傍晚到天黑的兩、三個小時之間是旅館的尖峰時段，赴宴賓客與入住團客川流不息，我真擔心眼花沒能捕捉到經理進門的身影。接下來的兩星期，我總共到那家旅館大廳當了五次業餘偵探，只看到經理去櫃檯拿鑰匙三次，卻一次都沒看到那個女人……沒辦法，誰都可以輕易地混在人群中，穿越大廳搭上電梯……我調查到的只有這些……

我決定換個更有效的策略，在經理預約旅館的日子，改成觀察公司女同事的動態，尤其加強監視有沒有女同事在那一天靠近經理的辦公桌，並且敲桌角打暗號。我睜大眼睛牢牢盯了一整天，依然毫無所獲——那是五月二十日的事。

就在那一天，過去彷彿蒙蔽著我的雙眼的種種內幕，倏然全部現出原形。一整天下來，發生三件事情……首先是兩、三天前，我和某個大學同學通話時，忽然想起那個眼熟的櫃檯男職員，正是同學的弟弟！是的，只在好幾年前見過一面……於是我想辦法透過同學和聯絡上他，於二十日的前一天約在旅館附近的咖啡廳向他打聽。不，那場會面沒問到什麼重要的訊息，頂多知道經理從去年夏天起，每星期會光顧那家旅館一次，以及最近去的次數變多……還有，他鮮少過夜，再晚也會在凌晨十二點多退房，並且每次都訂雙人床的房型，幾乎可以確定是把那裡當成幽會用的賓館。不過，那個外遇對象似乎總是直接進房間，從未去過櫃檯，所以依舊不清楚是怎樣的女人……

「假如沒去櫃檯詢問，那位女士要怎麼知道男士的房號？總不可能每次都給他同一間客房吧？」

「應該是男士進去客房以後，打電話給在某個地方等待的女士，並告知房號。」

我還自掏腰包請他吃了一客三明治，結果只得到這麼一點情報。然而隔天，也就是二十日……

那一天經理又向旅館訂了房，我抱最後一試的決心，打算這次再查不到就放棄。實際上，查出那家旅館的名稱時，夫人的態度突然不再像過去那般積極。我問她：「需要繼續監視旅館嗎？」她的答覆十分客套：「不用了，知道是哪家旅館就好，不能連那種事都拜託妳幫忙，只要在公司裡多留意一些就夠了。」……甚至可說，聽她的語氣，其實是反對我在旅館埋伏。我只好嘴上答應「好的」，後續在旅館大廳的監視行動便算是當志工了。沒辦法，我實在好奇得要命，一心一意只想找出經理的外遇對象究竟是誰……

可是，二十日晚上，和往常一樣先抵達旅館大廳的角落悄悄埋伏時，我忽然喪失自信……我懷疑自己在做一件毫無意義的事、犯下一個不可饒恕的錯誤……我深深覺得自己恐怕永遠無法查出那個女人的身分。我心想，**那個女人好幾次出現在這家旅館，偏偏每一次都從我眼皮底下溜走……**

說到這裡，麻美，我又要把敘述的順序推回到稍早之前了。那天，經理在公司裡打了訂房電話以後，我霍然意識到自己有個嚴重的失誤。是的，我竟遺漏企畫部還有一個極爲可疑的女人……

經理剛結束通話，那支電話又響起。經理拿起話筒一連應了幾聲「嗯」，我認爲這通電話一定別具意義，於是拿起文件走到經理的辦公桌前佯裝請他用印，伺機辨認通話對象的性別……經理一邊通話，一邊騰出沒握住話筒的手蓋了章，忽然迸出一句：「拜託別再弄了好嗎？」

這句話來得突然，我以爲經理是對著電話彼端說的，不料經理掛斷後又朝我補了句：「還看？就是妳那個壞毛病！」……我隨著經理的視線一路看到**自己的手**，才豁然明白他的意思。雖然聽懂他的話，但一時之間還無法反應過來……在經理的面前以手指敲桌角的人，居然是我自己！

「我早就想提醒妳改掉那個小動作，別再像打暗號似地敲桌角了……」

經理的聲音彷彿從遠方傳來。麻美，就是說啊，我早該察覺自己的怪癖，把自己列入極度可疑者的名單……正如妳剛才提到的，在懷疑別人之前，我應該先懷疑自己……沒有，經理並沒有生氣，他是笑著揶揄我。是的……那個有損他凜然外貌的不正經笑容，不曾在公司裡出現，我只在自家臥房的床上見過……

因此，五月二十日，在大廳角落等待經理到來時，或許我只是在尋找自己，畢竟我的確**曾經**是經理的外遇對象……請別誤會，那是用上「**曾經**」敘述的過去式了。我們的關係從去年三月左右到春末夏初，僅僅維持一個季節。妳也知道，我在情感方面的知覺並不靈敏，從愛的火苗萌生到熊熊燃燒總得耗費很長一段時間，所以對方來住處和我上過兩、三次床，早已玩膩，我這邊甚至還沒點燃，像是一本愛情小說剛讀到序章而已。或許直到經理表示「我們還是以工作爲重，分手吧」，我也乖巧地點頭答應不再單獨見面的時候，心中才燃起熾烈的愛火……

對不起，當時欺騙了妳，眞的十分抱歉。因爲妳說「眞想和經理玩一次」的時候，我用「不要吧，經理那麼死板，一定很沒意思」的理由勸阻了。不過，我已爲欺騙夫人和妳付出代價，畢竟經理對我感到厭煩，並且離我而去了……自從和他分手，我一直非常痛苦，拚命想挽回那個早就無心戀棧的男人……可是一廂情願也無法扭轉敗局，於是今年三月底我去了遊樂園。

妳發現了吧？那個星期日我在遊樂園遇到經理並非偶然——就在兩、三天前，我在走廊上路過男廁時，恰巧聽見經理在裡面和其他男同事聊到「這個星期日我得抽出時間，帶全家去讀賣樂園玩」。

不過，我一開始剖析獨自去遊樂園的心情，絕對沒有半點虛假。我以爲，只要親眼目睹經理陪著夫人和兒女的幸福模樣，就能把那股迷戀封存在心底。是的，只要用如此殘酷的手段傷害自己，就能徹底死心，尋找其他的生活方式，譬如和別的男人結婚，或者全心投入工作……果然，經理看到我了……只是萬萬沒有想到，居然發生意外的轉折。

當夫人拜託我「幫忙找出先生的外遇對象」時，我以爲夫人知道我和經理的關係，並且誤會仍是現在進行式，所以故意把「揭發自己」的難題扔過來，藉此嘲諷與報復……我當初覺得是那樣。可是，在道玄坡喝醉的那個女人絕不是我，有著長頭髮的人不會是我，還有敲經理桌角的人也不可能是我，於是我判斷夫人對我們的關係並不知情，只是單純相信我才會委託調查。夫人不是說過，經理和那個女人是從去年夏天開始交往嗎？在享受魚水之歡的過程中，感覺得出經理其實是花花公子，極可能拋棄我又勾搭上別的女人，因此，儘管夫人的話似乎不太合乎邏輯，我仍選擇相信她。況且，我本身也很想知道那個女人到底是誰，便拚命不停尋找……可是……就在五月二十日，我赫然發現敲經理桌角的人居然是自己，頓時信心盡失，不禁懷疑是否眞有那樣一個女人？我在尋找的女人，會不會根本就是我自己？

難道夫人是明知我和經理的關係，才這樣整我嗎？……不會的，夫人應該不至於那麼惡毒，她可能只是懷疑我們的關係，讓我接下那個任務，藉以試探我的身分。所以，任憑我等再久，也等不到那個女人出現……因為那個「女人」，就是早已來到那家旅館的「我」……

不對，這種荒謬的想法，純粹是我遲遲無法看到那個女人的長相和身影，焦躁不安，陷入混亂罷了。那天晚上七點多，經理如常在櫃檯取了鑰匙，並且消失於電梯的那一刻，我的神智已回到現實世界。我在找的那個女人，絕不可能是我自己！因為經理每週兩次在旅館房間裡和那個女人歡愛，但那絕對不是我，我只是躲在大廳的角落埋伏而已……

什麼？麻美，妳以為這些都是我編出來的？妳覺得我根本沒在大廳守候，其實是和經理一起在旅館房間裡？妳認為我巧妙利用夫人的委託，與經理重修舊好，持續向夫人提供假報告嗎？

不可能，絕對不可能——證據就是，三十分鐘後，那個女人終於現身……

我認識的那名年輕人今天在櫃檯值班，經理搭上電梯的十五分鐘後，櫃檯響起一通電話，年輕人接了起來。掛上電話，他朝我示意，並來到我身邊說悄悄話：「妳在等的那個女人很快就會出現！」剛才那通電話是一個女人打來詢問：「白井先生今晚應該在貴旅館住宿，請問是幾號房？」……這天晚上大廳雖然同樣人聲鼎沸，我還是拿雜誌遮臉，緊盯著玄關那扇旋轉門。就在十五分鐘後……一張熟悉的面孔終於出現在旋轉門前，映在玻璃上的夜燈宛如她身上飾品，亮晶晶的光芒隨著她的移動灑落大廳……

女人雖然戴著墨鏡，我仍一眼認出她。麻美，妳知道什麼是第三者的氣息嗎？那是一種有顏色卻又不具意義的留白……我不曉得該如何形容，總之是那種氣息。或者，該說是帶有顏色的空白嗎……我畢竟短暫當過那種女人，聞得到那種味道。過去我從未在她身上感受到那種氣息，卻在她踏入旅館大廳的剎那，嗅到她從頭到腳散發出「第三者」的濃郁氣味……但只有一瞬間而已。下一秒，她就踩著輕快的腳步穿過大廳的人群，消失在電梯門的後方。

我怔怔地目送她的背影離去，驀地想到我並不知道她的名字，也從沒想過要問她，只是理所當然地以爲她的名字就叫「經理夫人」……

案件是在距離那天恰好半個月後發生的。

大約晚上十點半，夫人突然來電。「剛才我接到那家旅館經理的電話，說我先生被人拿刀刺傷了。」這裡用了「突然」一詞，是因爲在五月二十日，我思考兩、三天，愈想愈荒謬，於是打電話給夫人。我沒有說出實情，僅以工作忙碌爲由，辭退偵探的任務。夫人雖然覺得奇怪，還是同意：「好吧。證實他有婚外情，已是一大收穫。」她甚至向我鄭重道謝，但聽起來充滿濃厚的挖苦意味。從那天起，我們就不再聯絡。

妳不覺得很荒謬嗎？……我不懂那對夫妻爲什麼要上旅館。我常聽說有些夫妻爲了尋求新鮮和刺激而特地上旅館，他們大概是基於相同的理由吧。或許是丈夫想把妻子當成第三者，或許是妻子希望丈夫把自己當成第三者，享受其中的樂趣……在我看來，大概類似於興奮劑的作用吧，僅僅那對夫妻爲了增加遊戲的趣味採用的手段之一——因爲沒多久又澄清一個事實。和經理一起走進道玄坡那家賓館的確實是島村，但只是由於那家賓館的老闆是島村的姑姑，當晚爛醉的島村沒辦法回自己的住處，經理才送她去那裡。

是的，我後來直接詢問島村，她乾脆地說出前因後果。我認爲夫人根本知曉實情，所謂弟弟的目擊證詞是假的。頭髮、Courrèges香水、手指敲桌角的暗號，全是夫人的創作……她應該是從經理那邊聽到不少關於企畫部七名女同事的資訊，從中挑了幾項充當外遇的證據吧……妳問她爲什麼要那樣做？就是爲了整我嘛。夫人果眞知道我和經理的事，也清楚我們已結束，卻還設局讓我去尋覓那個神祕的女人，愉快地看著我爲此心煩意亂……她想像著當我發現那個神祕的女人竟是自己時，必定會受到極大的震撼……況且，還能爲他們夫妻的遊戲增添一點小樂趣。事實上，得知不停尋找的女人居然是夫人、明白和經理在旅館床上嬉戲的女人居然是夫人，我的心靈留下極大的創傷，沒想到嫉妒竟能驅使一個人做出如此狠毒的計畫……不過，那一晚夫人突然打電話來說經理被刺傷的時候……還有，表示「現在要趕去醫院」的兩小時後，她又從醫院打來告訴我以下這段話的時候……

「刀子刺入他的側腰，需要一個月才能康復……差點就被人殺死了，能活下來是萬幸……我先生說是自己在浴室一個不留神滑倒才受傷的，肯定是那個女人拿刀刺殺他！旅館經理也覺得事態嚴重，決定報警……我向警方說出實情了，包括委託妳找出丈夫外遇對象的事，警察應該會去找妳問話，儘管把知道的一切告訴警方。我先生顯然在袒護那個女人，但我認為要讓警方知道眞相才好——我覺得這是個機會，離婚的大好機會！」

聽到這番話，我頓時恍然大悟。夫人的所有表演，就爲了**這一刻**……妳問哪一刻？當然是爲了案發的這一刻。

關於這件案子，我再多講一些吧。妳還沒接受過正式的偵訊吧？在夫人把我的名字告訴警方的第三天，兩名刑警來問了很多事，簡直當我是凶手——不過，我也從他們那裡打聽到不少關於案件發生的經過……

那一晚，經理在六點五十分辦理入住手續，九點左右透過客房服務要了一盤水果。大約七點十五分，經過走廊的女房務員，看見一位女士走進那間客房……可惜距離較遠，只能辨識出是女性而已。九點送水果去的房務員也表示，房間確實有男女客人一起睡過的痕跡：雙人床一片凌亂，經理的浴衣隨意丟置，床上還扔著一件穿過的粉紅色毛衣。不，那名房務員說沒看到那個女人，只聽到浴室發出聲響，以爲客人在淋浴……櫃檯人員則是在約莫三十分鐘後接到電話。

櫃檯那邊接到的電話內容是，客人說自己受傷了，希望趕快請醫生過來。櫃檯人員急急忙忙衝進房間，只見全身上下僅僅裹著一條浴巾的經理倒在床上呻吟，滿床滿地都是鮮血。匆匆趕到的醫生進行緊急包紮，並叫了救護車送往醫院。等到治療結束，陪同前往的旅館人員打電話通知夫人，是在十點二十分左右。夫人得知消息，馬上撥打電話給我……沒錯……麻美，完全正確，從九點到夫人接聽電話，間隔一小時又二十分鐘，足夠她從案發現場趕回家裡。

另外，警方判斷案發時間，比經理打電話到櫃檯的時間還要早，幾乎就在房務員送完水果離開房間後就出事了。另外，經理打電話到櫃檯前，曾試圖自行包紮止血，因爲浴室裡的浴巾全部沾滿血跡……女人趁機逃走了，而經理也打定主意要放走那個刺傷自己的女人。

原本擺在水果盤上的水果刀，掉落在浴室的磁磚地板上。行凶的女人似乎看準經理裸身進入浴室的時機，她本身可能也褪去了衣物，用濡濕的手握住刀子——是啊，據說這樣就無法採集到刀上的指紋。

聽說，袒護那個女人的經理向警方陳述：「我在淋浴的時候發現浴缸的排水孔堵住，想拿水果刀清一清，弄到一半腳底一滑……意外發生得太突然，我也覺得莫名其妙……我握著刀的手就貼在浴缸底部，身體滑倒時就這麼不偏不倚，朝刀子倒了下去。」當然，警方並不相信這套說詞，可是任憑再三追問，他始終緘口不語……這還用說嗎？站在經理的立場，無論如何都不能供出那個女人。不能讓別人知道那個女人就是他的妻子，也不能讓別人知道他和妻子經常上旅館幽會。

至於當天晚上接到夫人的電話時，爲何我會認爲一切都是爲了那起案件布的局？……我覺得夫人眞正要的不是離婚，而是和經理「死別」。她眞正要的不是贍養費，而是企圖領到人壽保險金和遺產——換句話說，從很久之前，或許就在經理和我分手以後，她就動了殺死經理的念頭。

爲了付諸實行，夫人可能從去年夏天就著手準備了吧。她用我剛才提過的藉口，說服丈夫和自己上旅館約會，並且捏造出一個不存在的第三者，等機會到來，成功殺死經理後，便嫁禍給那個不存在的女人。她花了好幾個月，絞盡腦汁做足準備……於是，當三月底在遊樂園遇到我，她心想機會來了——可以讓這個女人，也就是我，爲她證明那個捏造的第三者是眞實存在的……假如布局夠巧妙，甚至能讓我這個笨女人頂替凶手。事實上，妳不就認爲那個不存在的第三者是我嗎？警方很可能不會相信我的解釋，覺得我十分可疑……

夫人的精心策畫……可惜最後失敗了，沒能殺死丈夫……現在最煩惱的，就是那兩人吧。他們都不能吐實，丈夫隱匿事實宣稱是自己不小心，妻子隱匿事實聲稱丈夫有外遇……用漏洞百出的方式拚命收拾善後。這漏洞百出的情況，恰恰象徵著那對夫妻十三年來的關係……

我嗎？沒有，我還沒有向警方說出一切。大致上都說了，只剩下兩件事——我和經理曾短暫交往，以及經理和夫人在旅館幽會。所以，我今天說出所有的事，就是想找妳商量接下來該怎麼做才好。後來，警方沒再找我問話，經理還在住院，夫人依然沒有聯絡。我不確定警方後續會採取什麼行動，只是想著是不是該主動去警局說出這兩件事比較妥當。麻美，妳覺得呢？我一直很懊悔，那天沒把這兩件事一併告訴刑警……

什麼？用不著告訴警方？爲什麼……咦？該不會……因爲那天晚上七點十五分進去經理客房的不是夫人，所以我的推理統統不成立？妳爲什麼那麼有把握？不會吧……難道那個女人是妳？這麼說，麻美妳是經理的……？妳一直在騙我……？不對，妳不是說那天留在公司加班嗎？我記得妳……呃……呃……莫非事情是這樣的——先一步離開公司的經理打電話給妳，「我忘了今天是太太的生日，妳幫忙把公司今年秋天特惠活動的樣品送過來。」……這麼說，送水果的房務員看到的粉紅色毛衣其實是……是嘛，妳也疑惑爲什麼經理會在丸之內的旅館吧。那妳送毛衣過去，在那間客房待多久？五分鐘？這麼短的時間……？

對，只有短短的五分鐘。經理似乎不想回答為什麼會待在這個地方，我識趣地趕緊離開。起初我和妳一樣，覺得他是在等女人……可是，那種刻意對我炫耀似的方式未免太低俗，實在不像經理的作風，於是我開始推敲，經理在旅館的客房裡想必有別的理由……妳被經理拋棄，不再相信他，但發生婚外情，男女都要負起一半的責任。妳不相信經理，同樣地，我也不相信妳。或者該說，我和妳思考事情的角度不同，我認為經理跟妳睡過兩、三次就提出分手，確實像他一貫的明智決定——再多睡幾次，恐怕會被妳糾纏一輩子。我相信經理的為人。所以……約莫是在找妳問話的隔天吧，警察也來找我。他們先說「白井先生今天總算開口」，接著告訴我，「白井先生信誓旦旦地表示，那天晚上除了妳以外，沒有任何人去過，那起意外是自己不小心」。聽到這段話，我立刻相信經理句句屬實。經理真的只是在拿水果刀清理排水孔時，不慎跌倒。

那純粹是一起意外，沒有發生妳宣稱的案件。

從剛才聽妳說到現在，我同樣認為夫人並未撒謊。妳對經理仍有依戀，不自覺地把夫人視為壞人。

夫人委託妳找出第三者，應該只是覺得妳値得信賴。我能體會她的感受。妳有點傻氣，又有點善良，明知這種類型的女人最需要提防，卻又不由自主地相信妳。我想，恐怕夫人和我的感受相同。腦袋裡清楚這個女人是七名嫌犯之一，卻在一無所知的情況下相信了妳，甚至將難以啓齒的事託付給妳。

去年夏天開始，夫人感覺到丈夫不同以往，懷疑他出軌，直到從弟弟那裡聽到在道玄坡目睹的那一幕，才下定決心找出確證，於是委託恰巧遇見的妳當偵探。得知丈夫去的是位於丸之內的旅館，就不再需要妳的協助。接下來，只要觀察丈夫返家特別晚的日子直搗黃龍，來個人贓俱獲即可。

五月二十日當晚，夫人終於決定前往旅館。妳之所以嗅到第三者的氣息，是因爲那一晚夫人精心裝扮，要以一個女人而不是妻子的身分，和第三者一決勝負。可是，她闖進旅館客房，看到的卻是完全想像不到的畫面……

她一心認定會在房間裡目睹某種場面，不料別說是女人的影子……**根本什麼都沒有**。

是的，除了經理以外，什麼都沒有……

妳形容過，第三者是不具意義的有顏色的留白吧，可是，那個房間別說是第三者、別說是留白……只有毫無意義的空白而已……是的，空白的時間……

經理每個月不惜花費數萬圓，只爲了買下在那個房間流逝的空白時間。

經理和妳分手以後，變得疲憊不堪。不，應該說，他就是疲憊不堪，才和妳分手。一切都讓他疲憊不堪。對現在的經理而言，人生只剩職場和家庭，然而，兩者都讓他感到疲倦，試圖逃離妳這個外遇對象也令他感到疲倦，最後他走投無路，只能去旅館空蕩蕩的房間。他在那個房間裡茫然地看電視、癱在床上、泡熱水澡、喝點小酒……也就是享受什麼都不必面對的時間。那是一段什麼都不必面對，逍遙自在的時間。現今這個時代，孤獨才是最昂貴的商品。說到底，妳們在尋找的那個神祕第三者，其實是**經理自己**……

捏造出不存在的第三者，應該是經理的主意。萬一夫人發現這種奢侈的消遣肯定會火冒三丈，於是他預先布下防護網。頭髮、香水、故意撥打可能被偷聽的電話，並且用熱戀似地口吻來暗示婚外情，都是爲了在危急時刻可用「有了婚外情」當成死裡逃生的藉口。與其說夫人對企畫部女同事的特徵知之甚詳，更合理的推論是，原本就熟知每一個部屬的經理，利用各人的習慣當成外遇的證據。然而，五月二十日，經理像往常一樣自得其樂時，夫人突然闖入，他找不到藉口，只好老實招認。夫人果然怒火衝天，不願相信那是實情，執拗地認定丈夫有外遇……妳想想，自尊心極強的妻子寧可相信丈夫有婚外情，也不肯承認丈夫是不願待在家裡，才到旅館度過空白的時間吧，畢竟這等於全盤否定妻子的存在價值。雪上加霜的是，夫人還沒做好心理準備，經理又發生那種荒唐的意外……夫人極力將那起意外塑造成一樁案件，她選擇扮演一個丈夫被外遇對象刺傷的可憐妻子，並且對警方給出這套說詞，外人就不會發現他們夫妻早已貌合神離，丈夫只想享受獨處的時光……

經理明瞭妻子的想法，原本保持緘默，最後實在瞞不下去，只好向警方坦承事實……不單是我相信經理的話，警方也相信。因爲原以爲屬於神祕女人的毛衣還遺留在現場，排水孔也眞的堵塞了……於是，這起不能稱爲案件的意外，就在妳不知情的狀況下解決，也沒有鬧上新聞版面……包括所有的一切。尚未解決的只剩下妳複雜的心情，以及那對夫妻的愛恨糾葛。先不提妳這邊該如何處理，那對夫妻……恐怕今後依然什麼問題都沒有解決……就這麼耗下去吧……

沒有臉的肖像畫

旗野康彥走到這家小畫廊的盡頭時，不禁皺起眉頭，錯愕地低呼一聲：「咦？」

昨天還看到的那幅畫不見了！

開展之後他每天都來，今天已是第五天。如此不厭其煩地天天報到是爲了一幅畫，然而，那幅畫卻不在牆上。

直到昨天，這個位置都掛著一幅應該是荻生仙太郎早期作品的少女肖像畫。乍看不過是平凡的小品畫，但從少女斜睨著腳下的眼神中，可窺見荻生日後最爲人稱道的「頹廢中的絢爛」畫風已然萌芽。相較於展場裡的其他泛泛之作，唯有這件作品吸引著康彥的目光。

經過多日細賞，他甚至認爲在荻生畢生的創作當中，這幅畫堪稱顛峰。未臻圓熟的筆觸更使得畫中人物活靈活現，躍然紙上。

少女有著黑色的眼珠，那是調和七色虹彩的華美豔黑。猶如尋常石塊的死亡殘骸碎散地，瞥向腳畔的眸光彷彿透著幾分落寞……

原本掛著那幅畫的位置，今天換上畫家求學時期的素描稿。康彥覺得身爲美術大學的學生，自己也能畫出這種程度。昨天還在的那幅畫，該不會被誰買走了吧？……可是，櫃檯那邊張貼的公告明白寫著：本展爲荻生仙太郎先生逝世三十週年紀念展，免收門票。展品均由其遺孀提供。爲尊重夫人睹物思夫之情，所有畫作概不販售。

他心想，或許換到其他位置了？正要打量四周，忽然有個女人從背後喚住他：

「打擾一下……」

只見一位身穿和服的夫人站在後方，對著他微笑。一頭華髮和滿面皺紋洩漏出她的年邁，但白皙的膚色與深邃的五官顯露出她青春時的美貌。開展當天他就見過這位老夫人，應該是畫家的遺孀。旗野康彥是在外婆的鼓勵下開始學畫，從小就對荻生仙太郎這個名字耳熟能詳。掛在家中的小尺幅蘋果圖就是來自荻生的餽贈。外婆說認識那位畫家，還經常稱讚：「世上找不到第二個這般卓越的畫家了！」康彥直到三年前進入美術大學就讀，才喜歡上荻生的作品，所以對這位畫家的背景不甚瞭解，更不可能見過他的遺孀。荻生仙太郎初登畫壇是在二戰結束後的繪畫界復興時期，短短十年旋即撒手人寰，猶如曇花一現。在他致力創作的十年間留下為數驚人的作品，大多數均未流入市面，相傳臨死前皆親手化為灰燼。外界對這位神祕畫家的私生活和創作經歷所知有限。

荻生在嶄露頭角的五、六年後發表的〈愛欲華生〉，由於題材新穎而享譽海外，接著才在日本聲名大噪，可惜數年後罹癌過世。相較於他的高知名度，其人生匆匆四十三載仍有諸多未解之謎，也僅出版過薄薄一本畫冊。

「孫女告訴我，你每天都特地來看那幅〈沒有臉的肖像畫〉。」

高貴典雅的老夫人說著，回頭望了櫃檯一眼。這麼說，那名接待人員就是她的孫女。

康彥有些納悶，不明白老夫人爲什麼會向年齡與孫女相仿的年輕人搭話，終究拗不住好奇地問：「請問那幅畫在哪裡？」

「卸下來了，要致贈某位人士。」

老夫人話鋒一轉，稱讚起康彥，說是看到年輕人如此喜愛荻生的作品十分欣慰，如果有空，不妨陪她到隔壁的咖啡廳聊一聊。

「呃……」康彥還在猶豫，老夫人已轉身走向畫廊的出口。

於是，兩人在隔壁的咖啡廳裡相對而坐。老夫人再次表明自己是荻生仙太郎的妻子，名爲賴子。聽到康彥談及是在大三那年看到畫冊中那幅〈夜〉後成爲荻生的畫迷，便問：

「你們這些年輕人覺得荻生是怎樣的人呢？」

康彥老老實實地回答，印象中是擁有毀滅性才華的天才藝術家。荻生的遺孀抬手掩嘴，噗哧一笑。

「恰恰相反，大家都誤會了。他喜歡說笑話逗人發笑，作畫時也總是心情愉悅。從得知罹癌到斷氣，期間他不曾愁眉苦臉……」老夫人笑道，臉上的笑紋變得更深。「外界風傳他死前親手燒掉多數畫作也只是謠言……事實上，外子離開人世之前，他的作品幾乎都落入某位收藏家手中，在一個祕密房間裡沉睡將近三十年，直到今天……說得更精準一點，不是今天，而是到下個週末為止。」

「到下個週末為止？您的意思是……？」

「那位收藏家終於願意釋出收藏品。下星期將舉辦拍賣會，出售三十二件作品。這件事應該明天就會成為新聞焦點。」

「這麼說，那幅相傳是荻生大師的最後遺作、被譽為夢幻逸品的〈地平線〉，也在其中嗎？」

老夫人望著不假思索脫口問出的康彥，輕輕一笑，點點頭。〈地平線〉與引領康彥踏入荻生世界的那幅〈夜〉，同為畫家去世前一年的畫作。〈夜〉將畫布塗抹成象徵大地的一片褐色，並且摻入幾抹奇特的天空藍，宛如在一片漆黑中隱隱泛著奇異的光彩。根據少數幾名有緣看過的人士轉述，此畫的藝術價值遠遠超越〈愛欲華生〉。

荻生仙太郎活躍畫壇的十年創作期中，曾有兩次顯著的轉型期。第一次轉型，是從初期的風景畫和肖像畫，陡然變成瑰異的畫風。以〈愛欲華生〉為例，風格介於具象和抽象之間，觀者難以辨識畫中那塊色彩究竟是花卉抑或人膚，更分不清主題究竟是謳歌生命的璀璨抑或死亡的頹廢。這次轉型獲得極大的成功。之後，大約在他逝世的兩年前又迎來第二次轉型，更是大幅跨越具象與抽象的界線，整張畫布看似只剩下一個顏色，然而，那個顏色又彷彿將所有顏色囊括其中，昇華至絕無僅有的境地……

康彥定睛注視著老夫人身上的和服。他對這方面並無涉獵，但至少懂得鑑賞色彩。乍看一襲單調的暗紫，其實閃爍著許多豔麗的色澤，儼然是一幅荻生的畫作。

不僅如此，穿著這襲和服的老夫人面容，也像是在枯涸乾澀的白霜中，隱約透出少女時代青春燦爛的影子，同樣宛若一件荻生的作品……

「這場拍賣會還有一幅比〈地平線〉更具意義的夢幻逸品，只有我和那位收藏家看過……」

「請問，這些藝術界的瑰寶，爲什麼會默默沉睡三十年？」康彥深感不可思議，忍不住問道：「爲什麼夫人您……沒有將這件事公諸於世？您爲什麼沒有駁斥那些謠言呢？」

「因爲那位收藏家個性乖僻，堅持那些畫作唯獨在他的手上才有價値，要求我必須守口如瓶，不能讓外界知道他持有那批藏品……近來他有難言之隱，於是不得不脫手。」老夫人語畢，又若無其事地補上一句：「話說回來，我沒有出面澄清，其實有另一個原因。」

「您的意思是……？」

老夫人笑瞇了眼，似乎仍打算保密。就在這時，那名她說是孫女的畫廊接待人員，像是抱著一幅畫來到桌前。老夫人從她手中接過來，並向康彥介紹：「我的孫女晃子……這位是旗野先生。」介紹完雙方，她問孫女：「加瀨先生應該還沒出院？我看，還是拜託旗野先生吧。」

「嗯，這樣比較好。」老夫人的孫女點頭回答，然後離開了。

「旗野先生，你很想去那場拍賣會吧？可以看到我方才提到的那幅眞正的荻生夢幻逸品。」

康彥使勁點頭。

「既然如此，請你代替我參加那場拍賣會，好嗎？還有，我想麻煩你拍下那幅畫。」

康彥嚇了一跳。這麼重要的事，不應該託付給陌生人吧？老夫人明白他的詫異，頷首說道：

「方才提過，那位收藏家異常乖僻，下令不准荻生的任何一個遺屬進入會場……或者說，他要將我以及與我有血緣關係的人，全擋在門外。」

語畢，老夫人無奈地蹙起細眉。

「請問……是什麼原因？」

「那位收藏家恨我……你曉得外子有個前妻嗎？」

「不曉得……」

康彥對荻生的私生活毫無所悉，連外婆和他有何淵源都不知道。

「關於前夫人輕生離世的傳聞，也沒聽過嗎？那只是一樁意外，千眞萬確。她在平交道不幸被火車……警方判定是意外，況且，外子是在她猝逝之後才與我結識，可是前夫人的父親卻一口咬定，是外子和我將他女兒逼上絕路……」老夫人嘆了一聲，繼續道：「那位收藏家就是前夫人的父親，今年高齡九十，依然對我恨之入骨……」

「這麼說，他並不是爲了將荻生……呃，荻生大師的畫作盡數納爲己有，而是……」

神色黯淡的老夫人明白康彥爲何呑吐其辭，頷首回答：

「他對外子同樣懷有恨意。荻生漸漸具有國際知名度之後，前夫人的父親就不計一切地阻撓外子的事業。他極力搜刮畫作，也是爲了讓荻生從畫壇消失，遭世人遺忘。往昔賣出的舊作，他會不惜重金暗中買回，新作更是在公開之前就搶先收購……那位收藏家，也就是前夫人的父親，名字是彌澤俊輔。你應該聽過吧？」

「該不會是彌澤建設的那位……？」

彌澤俊輔堪稱日本財經巨擘之一。印象中，他的兒子已接下總經理一職，但他本人仍高居董事長之位，實際掌理集團的經營大權。

「可以確定的是，外子親手焚毀所有作品的謠言，也是彌澤先生刻意散布。」

「大師明知彌澤是爲了葬送自己的前途才收購，還把畫賣給他嗎？」

「是啊。外子常說，畫圖只是愉快的消遣，還拿去賣錢實在不好意思。」

「消遣……」康彥不禁嘆氣。

「那是外子的口頭禪。」老夫人說著，忽然想起什麼似地揭開孫女送來的物件。正是那幅少女肖像畫。

「你認爲這是他早期的作品？」

康彥點頭。老夫人露出淘氣的笑容，使勁搖頭。

「這是他臨終前在醫院病床上畫的其中一幅。」

「可是——」

「他在重病不久前，作畫風格已返回具象，彷彿要找回初心……讓自己回到學習美術的學生時代，重新出發……在人生的最後階段，他又只相信那些看得見的物像了。他畫了蘋果、畫了花卉，重拾靜物、風景和人像畫。線條和用色看起來並不純熟吧？那正是他追求的終極境界。我刻意沒在這次的展覽會加上標示，就是想知道究竟有多少人慧眼獨具。」

康彥默然無語。

「只有兩位。某位藝術評論家表示，這幅畫足以顛覆荻生以往的一切作品。至於另一位，就是你。」

康彥感到不解，連忙搖頭解釋：「不不不，我不懂什麼深奧的理論，純粹是出於自身的喜好，愛上這幅畫……」

老夫人又搖搖頭。

「唯有那樣方能領略荻生口中的『消遣』眞正的意涵……外子的畫，頹廢與華麗兼而有之，兩項特色其實都源自他灑脫的性格。他甚至曾說，頹廢就像太陽一樣。」接著，她將手中的畫遞給康彥。「我剛剛提過，這幅畫要致贈某位人士。那就是你。」

面對突如其來的話，康彥不禁猛搖頭。

「你不是很喜歡這幅畫嗎？」

「可是，我怎能跟素昧平生的人收下如此貴重的禮物……？」

荻生的遺孀發出略顯誇張的銀鈴般笑聲，「怎會是素昧平生？既然互報過姓名，就算相識了吧？」她接著說：「況且，你不是爲我深深著迷？」

「您說什麼？」

康彥嚇傻了。眼前的老夫人確實極富魅力，但他並未說過那樣的話。

「你不是很喜歡這幅畫嗎？畫中的少女就是我……」

「這是夫人您……小時候的肖像畫嗎？」

「不是。我方才說過，他畫這件作品時已是大限將至，我也四十歲了。」

「可是這幅畫……」

畫中的少女——不，稱爲女童更爲貼切——是個頂多五、六歲的小女孩。

「所以，他才說這是一種消遣。這張圖就是他臨死前看到的我。瞧瞧眼神就知道了吧？這個女人……哎，就當是小女孩吧，不覺得她正凝視著死亡嗎？她凝視的是荻生的死去。只有這對眼眸，是我當時的眼神。他畫的是具象畫，所以這裡……女孩身上的衣服，也是我當時的服裝。」

老夫人所言不假，畫中的少女全身上下唯獨靈魂之窗與年齡不符，那雙成年女子的眼睛，哀淒地目睹丈夫漸漸死去。康彥還沒遇到老夫人之前，看這幅畫時已有這種感受。然而，除此之外，少女和老夫人沒有任何相同之處，不單是年紀差距極大，長相也判若兩人。少女有張豐潤的圓臉，老夫人則是下巴較尖的瓜子臉。

「比對相貌，根本是兩個人吧？但在他眼裡，我就是這副模樣。他還說，這是妳內心的樣子。〈沒有臉的肖像畫〉這個標題是在他逝世後我取的。原本想取爲〈心的肖像畫〉，想想似乎有點僞善，是吧？那個標題會讓他手持畫筆遊戲人間的意義盡失……他眞的是快樂的人……連死亡這件事都被他當成一生中最有趣的一場遊戲，到了最後的階段，他變得骨瘦如柴，臉上卻始終掛著笑容……」

老夫人抬起纖纖細指，輕輕揩去笑眼溢出的淚光。

「既然是對您意義重大的畫，我更不能收下。」

「你多慮了……這並不是無償餽贈，而是請你代爲參加那場拍賣會的謝禮——當然，前提是你願意接下這項重責大任。」

「參加拍賣會的人選……爲什麼挑中我呢？」

「彌澤先生他……嚴禁與我有血緣關係者進入會場。我們這些家屬被排除在外，於是委託剛才來過的孫女的男友代爲參加。彌澤先生設下多道關卡，只有提送申請文件並通過審核者，當天才能入場以及具有競投權。所幸那項書面審查並未要求提供照片，僅需塡寫年齡，當天進場前再核對是否爲申請者本人。孫女的男友加瀨先生好不容易通過審查，沒想到前陣子滑雪時受傷骨折，實在無法提前在下星期出院……」

「可是，年紀相仿的人，未必非我不可吧？」

「沒錯……但我實在不放心委託對繪畫一竅不通的人……當天的與會人士仍需要具備一

定程度的繪畫知識。符合這項條件的人，除了加瀨先生以外，找不到其他人選。」

「沒想到參加拍賣會，還得經過層層嚴格的關卡。」

「彌澤先生刻意刁難我們，外子的作品一件都不肯讓我們買回來。」

「那麼，我在拍賣會場該怎麼做？」

「拍賣會本身按照一般流程進行，你只要不計代價拍下那幅畫就行……這一點誰都辦得到，你的任務是在競投前先鑑定那幅畫的眞僞。」

「請等一下……我沒有能力鑑定是眞跡還是贗品……」

「別急，我不是提過，具備一定的繪畫知識即可？」老夫人說到這裡，換回較爲自然的語氣：「『眉毛』這邊像男孩一樣比較黑、比較粗，還有，『眼睛』這處更亮一點……」

康彥不禁疑惑反問：「您說的『眉毛』和『眼睛』是指……？」

「就是畫中的少女……」老夫人的指尖輕輕撫過擱在桌面的畫中少女右眉。「這個地方的顏色更深一些。」

「您是指……即將被拍賣的是……和這一幅相同的畫作嗎？」

「是的……」

「那麼，拍賣會上的是眞跡，而這一幅是贗品？」

「對！」老夫人乾脆地給出答案後，旋即補充：「咦，我沒告訴你這是仿作嗎？真是的，還以為說過了，難怪你再三推辭，害我心裡犯嘀咕……那幅真跡已被彌澤先生買走……若是下星期的拍賣會你能順利拍下那幅畫，將是我暌違三十年再次看到它。」老夫人重新向呆若木雞的康彥強調：「這一幅是仿作，不必客氣，收下吧。」

「這幅仿作是誰畫的呢？」

「一個無名畫家。在彌澤先生趁外子臨終前購得，或者說搶走那幅畫之前，我先拍下照片……幾年後，我委託那個畫家臨摹出來。」接著，老夫人又問一次：「你意下如何？願意答應這項請託嗎？」

「按理，彌澤俊輔並不缺錢，為什麼要拍賣這批畫？」

「理由我不知道。這場拍賣會的消息已有不少人風聞，但誰都沒聽說是什麼原因……」

「剛才您提到的夢幻逸品，是指這幅畫的真跡嗎？」

「這個嘛，何不視為當天的驚喜？」

老夫人故弄玄虛地露出微笑。康彥直視對方，斬釘截鐵地回答：

「好的，我收下這幅畫。」

這表示他願意接下代為參加拍賣會的任務。

聽到康彥答應，老夫人欣喜之情溢於言表，皺紋隨著笑容益發深邃。他彷彿看到畫框玻璃底下的少女眼眸，在冬日暖陽的照射下揮別黑暗，淺淺的笑意一閃即逝。

兩人接著針對細節進一步商討，並談妥拍賣會結束後康彥再收下這幅仿作。

「那麼，明天請電話聯繫寒舍。」

將寫有電話號碼的便條紙交給康彥，老夫人站起身。他終於找著機會釐清接到提議後，在腦中盤旋不去的疑問。

「請問，您委託我這件事，眞的只是機緣巧合嗎？……是否……呃，以前就認得我？」

外婆和荻生仙太郎之間有某種關係……不能排除這位老夫人也認識外婆。毋寧說，有了那樣的前提，這項從天而降的奇特委託才解釋得通……

「不認得。素昧平生，這句話不是你方才說的嗎？」

老夫人似乎頗爲享受康彥詫異依舊的神情，再度給他一個大大的笑容，便離開咖啡廳。

康彥心中的疑問並未得到解答。這絕非巧合，那位遺孀肯定認識外婆。自他懂事以來，只能從佛龕上的遺照認得外公的相貌，而外婆則在他剛上小學時過世，他還有印象。康彥小時候隨父母與外婆住在一起，雙親爲人平實樸素，唯獨外婆喜歡花俏的裝扮。母親總是素著臉，外婆經常抹上豔麗的口紅。「你有畫圖的天分，去學畫吧」這個建議也是那雙紅唇說出來的。有時睡得迷糊，外婆仍會強打精神起床化妝。是的，就在離世數日前，外婆沒來由地告訴康彥「你的親生外公並不是佛龕那張遺照上的男人」，當時她的唇上也抹著黏稠如油彩的口紅……躺在病榻上的外婆，臨終前用那紅豔豔的嘴唇吐出這段話，「你的親生外公是繪出壁龕那幅掛畫的荻生仙太郎……」。這件事康彥始終深埋心底，不曾告訴任何人，連母親也沒說過，然而，此刻又被荻生遺孀的聲音從心底挖掘出來，進而在他的體內翻攪奔騰。他會答應這樁意想不到的請託，也是受到那個聲音的引領。儘管荻生的遺孀沒有承認，但其中必有隱情。康彥相信，只要在拍賣會上恰如其分地飾演承接的角色，便能揭曉謎底……

翌日，康彥依照約定致電，並確認昨天商談的事宜。交辦的事並不難，他要做的只是前往赤坂某家飯店舉行的拍賣會，輪到〈沒有臉的肖像畫〉進行拍賣時，不停舉板競投，直到其他對手不再出價爲止，也就完成任務了。荻生的遺孀表示不計價格，務必購得。

「荻生的畫作不比畢加索、梵谷，即使是目前收藏於倫敦某家美術館的〈愛欲華生〉，拍賣價也不可能高達一億圓。人們對這幅少女畫毫不熟悉，看上去只是早期的小品畫，應該不至於超過一千萬圓。不過，即使超過一億圓，也請一定要拿下。」

遺孀既然如此叮囑，他也無須多慮，只管舉手就行……

掛上電話之前，老夫人與康彥再次核對時間和地點：一月二十日，赤坂某飯店二樓名為「紅廳」的小宴會廳，將於晚間七點開始拍賣，需提前三十分鐘報到，以申請成功的「加瀨浩一」名義接受身分核對，領取手舉號碼板，進入會場。——現在是一月二十日晚間六點三十三分，頂替加瀨浩一的旗野康彥已來到會場，旁人以為他是那個出於興趣就讀美術學校的富豪公子。

會場的寬敞超乎康彥的預期，數百張座椅整齊排列。說起「拍賣會」這個名詞，人們總會聯想到，足以牽動世界股票市場的拍賣龍頭蘇富比或佳士得主持的超大型拍賣會，今天這場拍賣會的精采程度恐怕不遑多讓。誠如老夫人所言，兩人會面後不久，報章媒體隨即爭相報導「昔日風傳荻生仙太郎焚毀的三十二幅夢幻名畫，多年來皆由彌澤建設的彌澤俊輔董事長妥善珍藏，將於近日舉行拍賣」。但畢竟是私人主辦、極其低調的拍賣會，加上層層嚴密把關，在他的想像中，更接近一場神祕的小型儀式。

入場時確實核對了身分，不過幾乎只是形式上的流程，競投人逐一領取號碼板，魚貫入場。若是這樣，誰都可以冒充加瀨浩一混入場內……

一切都和九天前接受荻生遺孀提議時猜想的不同。奢華的水晶燈與地毯，而且不光是地毯織品，連來賓服裝的質料也相當高級。康彥遵照遺孀的指示繫上領帶，和其他與會者相比仍是差距甚遠……舉例來說，有一位貌似畫廊老闆的女士比他早一步進入會場，此刻和他一樣在最前排尋找座位。如果康彥往她旁邊一站，簡直就像是她的貼身侍從。

超乎預期的不只有場地與賓客的豪華排場，甚至是康彥本身的心情。

康彥萬分緊張，擔心能否順利完成任務。更令他焦慮的是，九天前──不，是直到前天，帶給他無比信心的老夫人的笑容，已失去信用。是的，直到前天爲止。或者，說得更精準一些，是在昨天下午四點之前。

事情發生在昨天下午。康彥想爲今天的行動預先探勘，於是來到這家位於赤坂的飯店。他看過二樓會場的入口，便來到地下樓層的咖啡廳。正當他喝著比一般咖啡廳貴上一倍、滋味卻沒有加倍香醇的咖啡時，忽然有名女服務生走到桌邊探問：

「請問您是Kase Kouichi（註）先生嗎？」

剎那間，康彥還以爲明天的表演提前開場，幸好立刻回過神，回答「不是」。女服務生

註──「加瀨浩一」的日文讀音。

繼續一一詢問其他桌位的年輕男士，總算在門口附近找到，並對那人說了幾句話。大約二十分鐘過後，一位小姐面帶歉意快步而入，隨即與那位Kase Kouichi先生聯袂走出咖啡廳。這樣看來，是這位小姐在二十分鐘前打電話到店裡，請女服務生轉達自己將會遲到。這種事在餐飲店司空見慣，而且Kase Kouichi不是什麼罕見的名字。然而，康彥一陣錯愕，愣在原地。因爲剛剛出現的那位小姐，正是老夫人向他介紹過的孫女，荻生晃子。

如此一來，與她一同離開的先生，想必就是老夫人口中的加瀨浩一。問題是，那位先生的身上，看不出半點滑雪受傷骨折的模樣。

老夫人撒謊。既然加瀨浩一受傷是謊言，表示她說過的話全都不可信。對方究竟所圖爲何？老夫人騙了他。說不定，代替老夫人參加拍賣會有危險……除此之外，還有一樁可疑的事。

目睹毫髮無傷的加瀨浩一的幾個小時後，也就是昨天晚上，康彥終於鼓起勇氣，把接受荻生仙太郎遺孀請託一事，原原本本地告訴母親。

起初，母親一派輕鬆地說「是喔，眞有緣」，聽到那位遺孀表示無論競標金額多高都非得買到不可，陡然表情一僵，急忙追問：「大約會到什麼數目呢？」在兒子轉述「就算上億也務必拍下」後，她突然厲聲阻止：「別答應，快去回絕！」

「為什麼？」

母親猶豫片刻，終於還是告訴康彥理由。「今年春天家裡突然急需用錢，想請荻生仙太郎的遺孀買下那幅畫，於是央託某個與她相熟的畫商居間仲介，沒想到那個畫商說荻生的遺孀連一百萬圓都籌不出來，甚至傳言她連生活都有困難，還讓孫女像賣身似地纏上一個有錢人家的少爺……」。以康彥在飯店目睹那兩人親暱的模樣，賣身之說顯然是謠言，不過從加瀨浩一的氣質和身上的皮革西裝看來，毫無疑問的確出身富豪之家。

「媽，妳認識荻生的遺孀？」

「不認識，連見都沒見過……」

「那為什麼會想把畫賣給她？」

「你外婆生前交代的嘛。她說萬一哪天家裡急著用錢，就把那幅畫賣了，最好賣給畫家的遺孀，想必會高價收購……後來你爸爸籌到錢，這件事也就作罷。」

「媽，妳覺得她來找我之前，真的不知道外婆認識荻生仙太郎嗎？」

康彥這樣問母親。

「起初，我覺得是你外婆冥冥中的牽引，讓你去幫忙她生前崇拜的荻生大師的遺屬。可是對方根本沒錢，還指派你去執行那種任務。再怎麼想，她顯然是知道你的身分背景才刻意接近……總之，去回絕這項請託。」

「不過，就算拍下畫作之後沒錢支付，應該也沒什麼大礙。假如付不出款項，購買權會自動遞移給第二順位的出價者……」

康彥冒出一個念頭：老夫人會不會根本無意買畫，只是想趁機滋擾攪局，以達到向彌澤報仇的目的。饒是如此，康彥也沒打算請辭。

「媽，外婆和荻生大師是什麼關係？」

康彥終於忍不住說出這個困惑已久的疑問，母親頓時語塞，閉口不談。豈料一晚過後，母親的想法似乎有所改變，今天吃早飯時竟說：

「我想了想，的確沒什麼大礙。就當是替你外婆完成心願，去吧。」

那位高雅的老夫人肯定另有所圖，只是現下還找不出她的目的。康彥在難以壓抑的好奇心驅使下來到會場，卻在看到如此盛大的場面後開始焦慮。老夫人要他假冒加瀨浩一入場，恐怕是這項任務有風險吧……流光溢彩的水晶燈，璀璨奪目的金屏風，映入眼簾的一切令他心中逐漸升起不安。在報到處領到的號碼板上，印著阿拉伯數字「13」。這個不祥的數字，益發催化了他的不安……

接待人員告知，號碼板上的數字不代表座位編排，請自行尋位落坐。康彥進去一看，前排差不多都坐滿了。這批祕藏多年的畫作首度曝光，畫商與收藏家得以藉由迥異於一般拍賣會的機會，搶先一睹傳說中的作品，自然十分踴躍出席。

利用這幾天，康彥對拍賣會做了一些功課。拍賣會通常會預先告知此次競投的所有拍品，以便競投者預估要以多少金額拍下該件藝術品……當然，遇上出價熱絡時會持續飆高，甚至發生各種意想不到的狀況，但原則上有意購買者均是經過沙盤推演才來到會場。然而，這次的拍品連作品標題都保密到家，稱得上是一場驚喜活動。

康彥暗自嘀咕，說不定別人在到場前已透過各式管道取得情報，只有他搞不清狀況……他難掩忐忑地尋找座位，總算在第三排中間發現空椅子，趕緊走進去坐下。剛坐定，後方兩名競投人的交談聲隨即傳入耳裡。

「報紙上只寫著拍品為未曾曝光的名作，根本沒提供進一步的資料，居然能吸引這麼多人來！」

「……不光那樣，荻生的作品在畫市根本還沒有公定行情，該不會是某個畫商和彌澤聯手弄出今天這個場子，準備大撈一筆吧？」

「你的意思是，今天買畫的傢伙其實是彌澤的暗樁？彌澤買下自己收藏的畫，藉以哄抬價格……」

「對，今天拍出的畫，恐怕近期內又會出現在其他拍賣會上。這一場的拍品不過是來鍍個金……而且鍍的還是純金哩！」

「不會吧。我聽說彌澤只是個收藏狂，根本沒打算把藏品拿出來賣錢。」

後面兩位聽起來像是畫商，交談的內容似乎頗具可信度，於是康彥豎起耳朵仔細聆聽。其中似乎是新手的清瘦男子問：「既然如此，他爲什麼要舉辦這場拍賣會？」

另一個猶如老狐狸的富態男子嘟噥著：「唔，就是這點讓人想不通啊……眞是匪夷所思……」

「沒聽說彌澤集團遇到財務危機。即使要賣畫籌錢，也該賣他收藏的其他畫作，比方梵谷《向日葵》系列的其中一幅，或是莫奈、高更的作品，業界傳聞彌澤收購許多經典之作……更何況就算要賣，他也犯不著親自出馬吧？」

「不不不，那是因爲坊間流傳荻生的畫作都燒掉了，假如彌澤不露面舉行拍賣會，這批拍品恐怕會被當成贗品。」

這段話的意思是，唯有打出彌澤的名號，大家才會認爲今天的拍品是眞跡。

「哎，那可難說。總之，這次拍賣會彷彿霧裡看花……搞不好彌澤只是看膩荻生的畫，或者出於私人因素，才想在今天脫手這批畫……」老狐狸畫商說到這裡，隨即補了句「不好意思，我去趟洗手間……」，從座位站起。

康彥想跟去廁所打聽幾件事，打算請鄰座男士幫忙保留位置。會場已坐滿三分之二，較晚到場的人無不虎視眈眈地覬覦前排座位。可是他沒來得及央託，鄰座男士已先開口：

「不好意思，我想去一下洗手間，麻煩幫我留個位置好嗎？」

語畢，鄰座男士就把號碼板擱在座位上起身。康彥忽然覺得這位男士十分面善……對了，在那家畫廊遇過兩次！就是這位細挺的鼻梁下方蓄著優雅短髭的先生。那位遺孀曾提過，除了康彥，還有一位盛讚〈沒有臉的肖像畫〉堪稱傑作的評論家，莫非就是這一位？康彥望著對方臉上那副透著幾分冷峻的銀框眼鏡，腦中掠過一個想法：這眼鏡眞符合評論家的形象。

「呃，很抱歉，我也想去洗手間……」

康彥跟著起身。最後兩人認爲，只要椅子上擺著號碼牌就不會被人坐走，便放心地相偕離開。

康彥出了會場就到廁所門口等候。一分鐘過後，那個老狐狸畫商走出來，他正想不動聲色地靠上前，那位貌似評論家的男士忽然衝出廁所，追上去說「請留步」。那人又搶先一步。

「不好意思，請問是大倉先生嗎？」

貌似評論家的男士詢問老狐狸畫商。對方點點頭，露出疑惑的眼神，似乎不認得喊住自己的人。

「久仰大名。大倉先生是享有『日本美術市場幕後之王』稱號的大畫商，自然不認得像我這種小畫廊的經營者……不好意思，有一事請教。我今天是受人之託，競投其中一件拍品。依照大倉先生的預測，今天會出現超過一億圓的拍品嗎？」

「這個不好說，物件是什麼還沒人知道。不過，即使是傳聞今天會出現的那幅〈地平線〉，也頂多是兩、三千萬圓之譜吧……」

老狐狸畫商十分不耐煩，只想趕緊脫身，貌似評論家的小畫廊經營者卻不肯放他走。

「還有一件事……聽說荻生的遺孀，嗯……今天雖然並未現身，但想悄悄買下某一幅畫……」

「不可能吧。」

「此話怎講？」

「傳聞她沒錢了。不對，不光是傳聞，聽一個相熟的畫廊老闆說，對方去向他借了錢。」

聽完這段話，貌似評論家的男士臉色大變。老狐狸畫商見狀，隨即反問：「委任你競投的人，該不會就是荻生的遺孀吧？」

「不、不是的……」

貌似評論家的男士急著搖頭否認，可是在康彥眼裡，那一臉狼狽反倒坐實老狐狸畫商的臆測。老狐狸畫商似乎也有同感，對他說：「不是的話最好……萬一眞是那個遺孀託你買畫，勸你別幫她。據說，她前些時候租下畫廊舉辦個展，場地費還欠著沒給……之前她已惹出兩次糾紛，想在其他拍賣會上買下荻生的小品畫，卻連區區二、三十萬圓的款項都付不出來。今天入場時嚴格查核，似乎就是要把荻生的相關人士擋在門外。」語畢，老狐狸畫商走回會場，留下貌似評論家的男士愣在原地。

同樣愣在原地的人，還有康彥。他沒聽從母親的阻攔，滿心以爲老夫人好歹是知名畫家的遺孀，總該張羅得到兩、三千萬圓。

康彥下意識地拔腿追上去，在老狐狸畫商踏入會場的前一刻叫住他。

「請留步！不好意思，我剛才在旁邊聽到您和一位先生的談話……」

又被一個陌生年輕人喊住，老狐狸畫商的表情有些疑惑。

「您對荻生大師的夫人似乎知之甚詳，想請問您是否聽過，荻生仙太郎逝世的前妻，就是今天舉辦拍賣會的彌澤先生的千金？」

康彥連珠砲似地發問。

「咦？」

老狐狸畫商先是一怔，接著忍俊不禁地搖頭。

「年輕人，別說笑了，該不會眞有那種謠言吧？荻生的私生活相當神祕，我和他的遺孀賴子夫人並不熟，不過這種傳聞還是頭一次聽到。荻生確實有地下情人，但明媒正娶的只有賴子夫人。」

老狐狸語畢，朝康彥投去冷淡的視線，逕自回座。康彥返回原位，坐在正後方的老狐狸畫商不悅地清了清嗓子。

面露茫然的鄰座男士也回來了。康彥的直覺告訴他，此人顯然也接受了荻生遺孀買畫的委託。從對方憂心地徵詢老狐狸畫商出價會否超過一億圓來看，極可能和康彥接到完全相同的指示「即使超過一億圓，也請一定要拿下」。

康彥不惜暴露剛才在廁所前偷聽鄰座男士談話的行徑，決定告訴對方老夫人委託自己買畫的事。其中必定有蹊蹺……那位遺孀處心積慮爲的究竟是什麼？根本掏不出錢卻又委託兩名男士競投，最起碼是要破壞這場拍賣會吧？遭到利用的不光是鄰座的短髭男士，還有對藝術拍賣一無所知的康彥……

倘若按照指示拍下〈沒有臉的肖像畫〉，說不定會引發嚴重的紛爭……康彥明確感受到那股危險逐步進逼，仍下定決心要與鄰座男士交換訊息。就在這一刹那，幾名主辦方的人士步上前方講台，其中一名女士宣布：

「各位久等了！荻生仙太郎的三十二幅畫作，拍賣開始！」

講台上擺著一張長桌，十幾位男女坐在桌前，宛如一道街壘防柵。

這道街壘防柵的正中央空著一個位置，豎起與人同高的畫架。畫架旁坐著手握木槌的男士，擔任司儀的女士介紹他是拍賣官。

「坊間耳語今日的拍品爲贗品，在此保證，這三十二幅畫作皆是這位彌澤俊輔先生，向已故的畫家荻生仙太郎直接購得，並且悉心保存多年，每一幅都是眞跡……」

從拍賣官往旁數去的第二位，是雙手交抱胸前、閉目聆聽女司儀介紹的老人。康彥在雜誌上看過他兩三次。這位彌澤先生派頭十足地坐鎮講台，儼然是一尊巨大的古董。台上的燈光聚焦在他身上，令人有種錯覺，彷彿他通體散發著耀眼的光澤。

「此外，今日的畫作皆未曾對外展示，稍後將每四幅爲一組，由工作人員繞場展示。希望近距離鑑賞的買家請舉手示意，稍後亦將由台上的八位專業人士詳細鑑定。坐在後方的競投人請盡量舉高手中的號碼板。現在請鑑賞第一組的四幅畫作，有請美術評論家松木修三老師為大家解說。」

坐在畫架右邊、略帶神經質的男士，就是那位評論家。他回答司儀的詢問，並且對第一組上台的四名工作人員展示的小品畫逐一講解。他說，有著兩隻蜜蜂的那幅是「畫家非常早期的小品畫」，接著評論僅用線條呈現空間中水面波光粼粼的另一幅〈波紋〉，「雖然只是畫家中期技法漸臻成熟的小品畫，仍堪稱不可多得的佳作」。

這組工作人員各捧一幅畫，沿著場內的通道，像走時裝秀般來回繞行。舉手表示想看畫的聲音此起彼落，工作人員會來到這些人面前站定二、三十秒。約莫十分鐘過後，第一幅畫開始拍賣。繪有蜜蜂的那幅以七十萬圓成交，另一幅中期畫風鮮少出現的寫實自畫像，則以四件中的最高價四百三十萬圓成交。那張自畫像放到畫架上時，比起節節攀升的出價，另一件事引起康彥的注意。

畫中人似曾相識，康彥赫然驚覺，那不是自己嗎！他看過幾張荻生仙太郎的照片，但照片上的畫家身材太瘦削，與自己沒有絲毫相似之處，然而，台上那幅自畫像是一張平凡無奇的男人面孔，從眼睛到鼻子的線條流露出些許少年的稚氣，與自己的神韻十分相像。理智立刻告訴自己別胡思亂想，可是，假如荻生手中那支寫實的畫筆，比照片更能傳神描繪出在他體內流動的血液呢？

同時，康彥還察覺一點。望著坐在台上的那一排主辦方相關人士，他覺得這個場景也似曾相識。直到他的視線停留在矗立正中央、宛如傲視群倫的荻生自畫像上，才恍然大悟。

達文西的〈最後的晚餐〉。自畫像上的荻生相當於耶穌。會場不時有人舉板出價，價格愈來愈高，氣氛也愈來愈熱烈，但康彥彷彿置身事外，下意識地數起台上的人數。

十一人……加上自畫像的那張面孔，總共十二人。

還缺一人……康彥旋即甩甩頭，試著趕走無稽的想法。不料，在第二組小品畫結標、第三組拍品上場時，腦海又浮現不同的想法。三名工作人員合力搬出第三組中那幅巨大的〈地平線〉，場內掀起一陣騷動，也宣告這一組的四件作品即將開始拍賣。同組展示了另一幅自畫像，當這張少年的面孔放上畫架時，評論家同步講解：「這是畫家晚年，即臨終前，憑著對少年時代的回憶所畫。」聽到這裡，康彥發覺評論家說錯了，這不是少年時代的回憶，而是如同老夫人說的，畫家臨死前認爲自己的靈魂就是畫中少年的模樣。驀地，康彥腦中閃過一個念頭。

果然有十三人……

這不是經過思考得到的推論，而是一種感應。這幅自畫像就是第十三人，猶大……並且，這是一幅沒有耶穌的〈最後的晚餐〉，因爲主角耶穌被……不對，耶穌仍在其中，只是被叛徒猶大的影子遮住，任何人都看不見……

是的，如果這幅畫，甚至包括這幅畫在內的所有畫作，統統都是贗品……假設荻生確實親手燒毀所有作品……他的遺孀手邊只留下那些畫的照片，後來請人依原樣臨摹出這些贗品……彌澤和遺孀兩人狼狽爲奸……如此一來，突然出現在世人面前的這批畫作，以及專爲這批畫作舉行的拍賣會，所有疑點便都能釐清。十三……13……康彥緊握在雙手中的號碼板，和週刊雜誌同等大小，但板子上的13這個數字彷彿吹氣般急速膨脹，大到快要頂到會場的牆壁和地板。

這個拍賣會，形同一場讓世人將贗品視爲眞跡的受洗儀式——今天買畫的人，大概都是彌澤或遺孀的相關人士。三十二幅贗品受洗後又鍍上純金，搖身一變化爲眞跡，再度成爲彌澤那座祕密美術館的鎭館之寶，缺錢花用的遺孀則收到豐厚的謝禮……原本應該參加這場儀式的是加瀨浩一，可是考慮到萬一日後拍賣會用的伎倆遭到揭發，恐怕會傷害自身與荻生的聲譽，於是在最後一刻找陌生人康彥頂替加瀨的角色……鄰座的小畫廊經營者恐怕也是在不知情的狀況下，受騙承接競投的重任……

重重疑點在康彥的腦海裡不停打轉，場內的出價競賽愈趨白熱化。自畫像〈少年〉的落槌價超過一千萬圓，〈地平線〉甚至以二千四百五十萬圓成交。買下〈少年〉的是坐在康彥斜前方的男士，〈地平線〉的得主則是某位坐在最前排的女士。從此刻起，康彥的注意力不再全放在畫作上，也開始觀察那些買手。

假如他異想天開，料中眞相，那些拍下畫作的競投者必定都是相關人士……

當然，表面上看不出絲毫破綻。

拍賣開始將近一個小時，第四組拍品已完成交易。就在價格戰進入下半場的時候，康彥察覺異常之處。繼續進行兩組拍賣後，他肯定自己的結論正確無誤。

出價競標的速度快得令人咋舌。

從拍賣開始的那一秒就朝兩千萬圓、三千萬圓的目標價飛速攀升，不到一分鐘，木槌便落下結束競投。

〈地平線〉揭開一連串巨作的序幕，每一幅都堪稱遺孀口中的夢幻逸品。如果這些傑出作品眞的全被彌澤搜刮一空，在尙未面市前就遭強迫消失，等於一併買下了荻生仙太郎的人生，任由他的名字被歷史的洪流捲走。如同遺孀所言，彌澤的作爲顯然是出自憎恨與惡意。

可是，事實並非如此……這根本是彌澤和遺孀聯手設下的一個局，目的是爲荻生親手葬送的作品施展魔術，讓這些死物在奢華的會場上重返人間。

每當木槌落下、結束競投的瞬間，彌澤便會睜開眼睛，朝買家所在的方向投去一瞥。潛藏於那道目光中的狡猾多過惡意……康彥甚至看出，彌澤對那些拍得畫作的相關人士流露讚許的神色——很好，不負所託。

最關鍵的那幅畫遲遲沒有出現。康彥益發焦慮，每成交一幅畫都讓他心跳加速。

「接下來是第二十八號的〈銀河〉，堪稱夢幻逸品之一。從一千萬圓起價，每口叫價五十萬圓。」

話尾方落，旋即傳來拍賣官的聲音：

「好，二百四十六號一千零五十萬……四號一千一百萬……九十一號一千一百五十萬……一百七十二號一千二百萬……好，四號一千二百五十萬……」

不到一眨眼的工夫，就超過兩千萬圓的價位。坐在後面的老狐狸畫商大倉嘀咕了句「競爭太激烈啦」。此時，不僅彌澤睜開眼睛，台上的每一雙眼睛皆如搜尋獵物的犀利鷹眼。每舉一次號碼板，價格就上漲五十萬圓。一雙雙鷹眼宛如蓄勢待發的尖利爪子，目光所及之處，連會場後排遠遠舉起的板子也沒能逃過攫捕……

最終，〈銀河〉以將近四千萬圓的數目落槌。到了這個階段，所有人早已不在乎畫作的藝術性，唯有充斥會場的一個個數字，發揮神一般的全能力量征服眾人。

「接下來是最後四件。」

隨著司儀的宣布，四件作品被搬到台上。

關鍵的那幅畫是第三十二號，也就是壓軸之作。終於出現了……

康彥全身緊繃。繞場展示開始。捧著那幅畫的女性工作人員接近時，康彥忙不迭地舉高手。他的眼睛像放大鏡般仔細審視畫中人的眉毛，馬上辨識出比遺孀給他看的那幅顏色更深，並且摻了些紅色。

這確實是眞跡……

假如會場正在舉行的是一場金錢與數字的儀式，康彥僅是基於義務，被迫成為儀式中的一員。雖然很想逃，身體卻被無數的數字緊緊綑綁，命令他必須貫徹義務。康彥盯著膝上那塊代表他的號碼板，上面的數字是「13」。既然在第四組拍品成交時驗證直覺是正確的，那麼，他肯定也會精準無誤地拍下這幅〈沒有臉的肖像畫〉……他的直覺錯不了。此前接連拍下畫作的買家，分配到的號碼板全介於1號到32號之間……

買家果然都是相關人士。這場拍賣會事先設計一套機制，僅限相關人士購得。從一開始就設定這三十二件畫作，只有領到1至32號號碼板的競投人得以成交。不過，拍品編號和成交號碼板的順序是隨機配對。第一號的蜜蜂圖由二十號競投人取得，剛才那幅〈銀河〉由坐在後面的七號競投人購入。數不清的天文數字火辣辣地塡塞整個會場，大概誰也不會發現那種手法，但康彥有絕對的把握。這項防範措施想必是爲了避免忙中有錯，不慎被非相關人士買走一幅吧。

「第二十九號的〈手指〉是早期的小品畫，從三十萬圓起價。」

司儀剛說完，價格便猶如短跑比賽開跑，立刻衝刺到一百三十五萬圓落槌——由十一號男性競投人買下。

下一件〈音樂〉是一千零三十萬圓。二十四號競投人。

再下一件的〈戰神〉是九號競投人，用五百二十萬圓的價格成交……無論別人的出價有多高，這些競投人依然毫不遲疑地繼續舉板加價。

然而，在這幅〈戰神〉競投時，發生一件插曲。出價五百一十萬圓的一百五十六號競投人幾乎要成交了，拍賣官卻繼續詢問：「還有人出價嗎?有人願意出五百二十萬圓嗎？」

一般狀況下，早該擊槌成交，拍賣官卻拚命拖時間，等候下一個人舉板加價。後來，他甚至難掩心焦，露骨地直接警告：「九號競投人，一百五十六號要成交了，您不加價嗎？……噢，九號舉板了！……好的，恭喜九號以五百二十萬圓成交。」

拍賣官以非常強硬的方式，將拍品賣給九號。錯不了，絕對錯不了，康彥清清楚楚看到台上那位老先生，在剛才這番拉鋸戰中一度變得面色鐵青。

終於來到最後一幅〈沒有臉的肖像畫〉。咦……等一下！康彥心頭一凜。此前他的心力都放在競投人的號碼上，沒留意作品的標題，直到這一幅被擺到畫架上，他才聽到拍賣官說：

「那麼，現在來到最後一件〈花子像〉。方才提到，這幅〈花子像〉是荻生在病榻上的絕筆之作……」

花子……

這個名字在康彥緊張得幾乎血液逆流的體內，發出轟然巨響。

「荻生將某位女性想像成少女的形象，在畫布上呈現出來……」

遺孀分明說過畫中的女人是她，居然是謊言……

「……荻生夫人擁有這幅畫作的仿作，並且在近期舉辦的遺作展中以不同標題展出。不過，現場這一幅才是眞跡。」

坐在後方的老狐狸畫商大倉彷彿急著補充，忽然湊上康彥的肩頭，壓低嗓門說：「花子就是我剛才說的那個地下情人！」

地下情人……果然是這麼回事。花子和荻生仙太郎並不只是認識，而是他的地下情人。

花子……是康彥外婆的名字。

遺孀果真知情！她不僅知道那幅畫的主角是丈夫的地下情人，也知道康彥是畫中那個「花子」的外孫……畫中的少女不像遺孀，其實也不像外婆。當中必定有詐！危險啊，拍下這幅畫太危險了！

可是，手中這塊號碼板上的數字「13」，牢牢束縛著康彥的意志……從1到32之間的數字，只剩下分派給他的這一個，無論如何都得善盡義務……「13」……第十三人，猶大……

拍賣已開始，康彥慌忙舉起板子。

「好，十三號出價一千二百五十萬圓……好，二百四十號出價一千三百萬圓……」

康彥腦中一片空白，只管連連舉起板子。明明只有手臂在動，在這場數字的賽跑中，他卻彷彿真的全速衝刺，渾身汗如雨下。

數字已超過四千萬，康彥感到呼吸困難。他在奧運的競技場中不停奔跑。他參加的是一場數字的奧運比賽。

超過五千萬時，康彥一時膽怯，頓了一下沒舉手。不意外地，拍賣官憂心忡忡地望著他，並開口催促：「十三號競投人，怎麼了嗎？剛才一百二十三號已出價五千一百萬圓……」這是對他下達「快點爬起來繼續往前跑」的指令。

康彥無意識地舉起板子。

「好，十三號出價五千一百五十萬圓……啊，一百二十三號出價五千二百萬圓……」

康彥與另外兩人來回拉鋸，即將喊到六千萬時，終點線似乎就在不遠處。

「十三號出價五千九百五十萬圓，其他沒有人要加價吧？」

拍賣官說著，準備揮下木槌。快要倒下的康彥直喘粗氣……不料，竟在這一刻……！

鄰座的短髭男士霍然舉起板子——那個康彥一直沒放在心上的鄰座男士。自從康彥發現能買到畫的人僅限1到32號，他就認定鄰座男士是局外人，沒放在心上。因爲對方領到的是二百一十一號。這個數字證明，對方與這場競賽毫不相干。儘管不明白對方爲何要向大倉打聽遺孀的事，康彥還是決定不再去想這個人和他手中號碼板上的數字211。況且直到這一刻，鄰座男士才舉起板子。

拍賣官張口結舌，彌澤老先生咬牙切齒，會場響起一片歡呼。最受震撼的人是康彥。還沒結束，這場危機四伏、眞僞莫辨的賽跑還沒結束……

縱使如此，康彥的身體依然不聽指揮地動了起來。「贗品」一詞陡然闖進他空白的腦袋。這幅畫是贗品！只是遺孀出示的那幅畫在眉毛處加工，抹上厚厚一層紅黑顏料而已……這幅少女畫不過是贗品罷了……贗品……花子外婆也是一個沒有妻子名分、只能當地下情人的贗品。還有，外公也是贗品。那個只出現在遺照上的男人是贗品，不是媽媽的親生父親……媽媽是荻生和花子外婆，也就是荻生和這幅畫中的少女生下的孩子……

康彥警告自己：這是贗品啊，不能再舉板了！可是價格仍逕自飆漲，七千萬、八千萬……拍賣官的聲音逐漸帶著顫抖，彌澤老先生臉上血色盡失。會場歡聲雷動，所有人無不凝神細看坐在一起的兩位男士激烈競爭。

數字突破一億。不行……跑不動了……體內的血液快要爆破血管，變成紅汗噴出體外……

眞的再也跑不下去了……

就在他擠出最後一絲力氣喃喃說完，「咚」一聲木槌落下。

「恭喜十三號，最後這幅畫以一億零五十萬圓成交！」

康彥彷彿聽到這句話從遙遠的彼方傳來。

十分鐘後，空蕩蕩的宴會廳只剩下盛宴結束的滿地寂寥。康彥與彌澤老先生面對面，坐在會場的角落。拍賣過程中始終比鄰的那名小畫廊經營者，此時依然坐在康彥旁邊……

正確來說，兩人是在彌澤俊輔的命令下，半強制性地被迫坐在這裡。

拍賣會結束，主辦方告知買到畫的得主「付款通知書稍後送出，待款項匯入我方帳戶，隨即奉上畫作」，之後就各自離開。這時，有個女性工作人員走向康彥和鄰座男士說：

「不好意思，兩位請留步，麻煩在此稍候十分鐘，董事長想與兩位談話。」

十分鐘後，待會場淨空，彌澤老先生邁著沉重的腳步來到他們面前。

「你們是一夥的吧？事先計畫好一起炒高最後那幅畫的價格！」

老先生劈頭就問，用的是刑警訊問嫌犯的口吻。聲音中充滿濃濃的怒氣，表情看上去也帶有慍色，不過，那應該是他平常的樣貌，宛如……某位偉大雕刻家完成的一件名為〈憤怒〉的作品。

兩人互看一眼，同時搖頭否認，解釋著連對方的姓名都不知道，無奈仍不足以平息老先生的怒火。「不可能，你們肯定是受人指使，否則那幅畫豈會超過一億圓！」怒氣未消的老先生嘟嘟噥噥，繼續逼問：「是荻生的遺孀要你們來的吧？」

短髭男士頓時臉色煞白。康彥心想，果然沒錯……為了閃躲老先生緊接而來的質問，他趕緊拋出一個問題：

「您爲何忿忿不平？身爲賣方，不是應該希望價格高漲嗎？」

「沒什麼，只擔心若你們是受荻生夫人委託而來，她會無力支付罷了。」

那張鐫刻著憤怒的雕塑面孔扔下這句話，連一聲「抱歉耽擱了寶貴的時間」都沒說，旋即扭頭踏出會場。康彥本想拿同一句話詢問鄰座男士，但還沒說出口，對方已落荒而逃，只剩康彥獨自坐在空無一人的宴會廳，唯有心中的兩個疑問陪他留在這裡——首先，荻生遺孀交付那位短髭男士的任務，果眞是哄抬〈花子像〉的價格吧？其次，那位老先生爲何對畫作的價格高漲如此火冒三丈？

翌日午後兩點，康彥和上週一樣，到畫廊隔壁的咖啡廳和荻生的遺孀見面。

「聽說是以一億零五十萬圓成交。」老夫人溫柔地微笑。「沒想到拍了這麼高的金額……」說著，她將裹著包裝紙的物件交與康彥。「依照談好的條件，這幅仿作送給你。」

康彥根本無心聽老夫人接著說「這是答謝你昨日的辛勞」，一接過就急著撕開包裝紙，檢查裡面的畫作。少女眉毛的顏色和上次看到的一樣淺。只要使用溶劑，輕易就能把昨晚用顏料塗深的部分，恢復成原本的淺色……

「你懷疑不是上次那一幅嗎？」

康彥坦率地點頭。

「這畫眞的有兩幅嗎？確定是眞跡和贗品各一幅？……昨天拍賣的其實就是這一幅吧？」

「有兩幅，昨天拍賣的並不是這一幅。只不過……」老夫人停頓一下，露出神祕的微笑，話中有話似地加上一句：「只不過，或許那一幅才是贗品。」

「您的意思是……這一幅是眞跡嗎？」

「不談這些了，昨天……」老夫人岔開話題，「昨天拍賣會結束後，彌澤先生似乎說了些莫名其妙的話？」

「是的……您是聽誰說的？是和我坐在一起的那位畫廊經營者嗎？還是，彌澤先生親口告訴您的？」

「坐在你隔壁的那位是本宮先生，他在澀谷開了一家畫廊……他的確打了通電話給我……」

「所以，如同彌澤先生懷疑的，您確實在本宮先生和我毫不知情的情況下，利用我們抬高那幅畫的價格？」

「的確如此。不過，我請本宮先生在超過一億圓時停止追價，因爲我希望由你拍下那幅畫。」

「為何要這麼做？……身為買方，您為何要抬高畫作的價格？」

康彥勉強忍住，沒把「據傳您根本付不起那筆錢」說出口，繼續提問：「況且，您還花了高達一億圓的巨款買下一幅贗品……究竟是為什麼？」

「我可沒說昨天那幅畫是贗品。」

「您剛剛說過，這幅是眞跡，那幅是贗品……」

「是啊，如果這幅是眞跡，那幅自然就是贗品。」

康彥一時啞口無言。

「你還不明白嗎？」

老夫人面露淺笑，眼中閃過一絲狡黠的光芒。

康彥感覺自己快被那雙眼眸吸進去，喃喃說著：「難道您的意思是……？」面前這幅畫，和記憶中昨晚的那一幅，在他的腦海裡完美疊合。他甩甩頭，實在難以置信……

「你想通了吧？是的，這幅和昨天那幅都是荻生臨死前畫的……這是荻生在生命結束前的最後一次消遣——兩幅幾乎完全相同的畫，為的是讓人分不清哪一幅是眞跡，哪一幅是贗品。連我……不，連他自己也難以辨識哪一幅才是眞跡吧。畢竟兩幅畫是同時動工，同時完工。所以，兩幅畫可說都是眞跡，也可說都是贗品。」

「那麼……所謂的夢幻逸品，就是這幅畫嗎？」

公布兩幅如出一轍的畫，在畫壇並不稀奇。但若只有一幅公諸於世，另一幅將會成爲夢幻逸品……

「不是的。除了這兩幅畫以外，還有一幅。那才是眞正的絕筆之作……他最後的消遺……」老夫人停頓片刻，才接著道：「原本不打算多說，讓你收下這幅畫就好。」她嘆了一聲，「想必你已看出不少疑點，我不說也不行……令堂沒對你說些什麼嗎？」

「……家母知道什麼？」

「她擔心你，前天撥了通電話到寒舍。我吐露實情，並央求她盡量不要讓你知道。令堂果眞遵守約定……」

「您與家母是舊識嗎？」

「很久很久以前，見過兩、三次面……今年春天接過她一通電話，她表示亟需用錢，無奈我當時也籌不出錢……之後就是前天通過電話。她得知我與你接觸，並有不尋常的請託，十分擔憂。」

原來前天我告訴母親後，她悄悄打電話給老夫人。聽完老夫人的解釋，她才放下心。

「令堂當然會擔心。我的確身無分文，連今天的咖啡錢也是好不容易才湊出來。」

聽來令人同情，老夫人的笑聲卻格外爽朗。

「意思是，您確實買不起那幅畫，一億圓畢竟是一筆巨款……換句話說，您若不是與彌澤聯手，就是欺騙了彌澤。眞相是兩者之一吧？」

「不，兩者都不是。由於我上週的謊言，你心生懷疑，現在對我還是有誤解——眞相恰好相反。」說著，老夫人抬起手翻轉半圈。「我在昨天那場拍賣會上不是買畫，而是賣畫。賣了荻生的夢幻逸品——你沒發現吧？」

康彥茫然地點頭。

「這麼說，那幅〈花子像〉並不是彌澤俊輔的收藏品，而是您持有的畫？」

「不，那幅畫確實屬於彌澤先生。三十年前，只賣給他雙胞胎畫作的其中一幅……方才提過，所謂的夢幻逸品並不是那幅畫。」

「那麼……究竟是三十二件中的哪一幅？是〈銀河〉？……還是〈少年〉？」

老夫人擺擺手，提醒他猜錯方向了。

「除了那三十二件以外，還有一幅也在拍品之列。你應該看過，只是沒有察覺，畢竟是夢幻逸品……昨天會場上知道這件事的只有一個人，也就是買下那幅畫的人。」老夫人笑得非常開心，接著問：「既然得知賣畫的是我，你應該猜出買畫的是誰了吧？」

康彥搖頭，卻下意識地迸出一句：「難道是彌澤？」

荻生的遺孀緩緩點頭。

「是的，買賣雙方其實是反過來的。昨天那場拍賣會，是爲了我賣畫而舉辦……由那位先生以七億四千二百萬圓，買下那幅畫。」

七億四千二百萬圓，正是昨天拍賣的總額。既然老夫人說，買方和賣方是反過來的，表示這一大筆錢並非進了彌澤的口袋，而是從彌澤的口袋掏出來，放入這位遺孀的荷包……

她好整以暇地欣賞完康彥無法置信的神情，再次發出一串銀鈴般的笑聲。

「反過來的……一切都是反過來的……不僅賣方和買方在會場裡是反過來的，包括會場本身的機制，也和一般的拍賣會完全相反。昨天晚上，彌澤先生想買進的那幅荻生的夢幻逸品，不是在台上展示，而是在競投席……」

「競投席？我們的座位嗎？」

「是啊，所以才說沒有任何人察覺。你還不明白嗎？從競投席對著坐在台上的彌澤先生展示的畫，也有三十二件……」

康彥愕然無語。

「我聘請三十二個人，爲台上的彌澤先生展示三十二件畫作。你鄰座的本宮先生，是爲了其他理由聘請的……但你也屬於那三十二人之一。只有你的謝禮，是致贈禮物……其他三十一人則支付酬金。世上只有彌澤先生和我知道的絕筆之作終於賣掉，並且在他將這筆錢匯入帳戶的那一刻，我成爲身懷七億圓巨款的富豪……」

「夢幻逸品……絕筆之作有三十二件嗎？」

康彥哆嗦著確認，那批畫彷彿在眼前漸漸變得清晰……

「是啊，可稱爲系列作品吧。三十二件一組的套畫……看來，你終於懂了。你也曾握著那批夢幻逸品的其中一件，向台上的彌澤先生展示。你出示的那一幅，是三十二件當中的最後一件……」

是的，康彥總算明白。不過……

「另外三十一人向台上的彌澤董事長展示的時候，都不曉得手上拿的是荻生大師絕筆之作的其中一件吧？」

老夫人點頭證實。是的，那就是如夢似幻的傑作。所謂的如夢似幻，是因爲包含康彥在內的三十二人都親眼看過，卻無人意識到那是畫作……誰也沒有想到，不單是這三十二人，所有競投人在會場的報到處隨手接下、並在拍賣結束的出口處回收的幾百片號碼板，最初的三十二枚，居然是足以歸納荻生仙太郎一生眞諦的系列畫作——1、2、3……13、14、15、16……27、28、29、30、31、32。

康彥驀地想起，會場上彌澤俊輔那凌厲而機敏的眼神。每當擊槌成交時，他逐一對三十二名買家投去犀利的一瞥。原來不是在看成交者，而是他——以一個競投人的身分——在觀賞那塊號碼板。

「台上那些主辦方的相關人士，都不知情嗎？」

「是的，除了彌澤先生，其他相關人士接到的命令，只有絕對不能讓一到三十二號以外的競投人出最高價拍下。」

遺孀從頭說明——事情是這樣的，很久以前，彌澤就垂涎留在她手中的那套絕筆系列作。屢次提出想重金收購，但她說什麼也不捨得釋出〈沒有臉的肖像畫〉和那套系列作，無奈生活日漸困頓，剩下賣畫求售一途，而人選只有彌澤。因爲他是唯一願意不計代價取得荻生畫作的收藏家……

「彌澤先生是個不折不扣的收藏狂，對畫的占有欲異於常人。他不願讓外界知悉那批傑作，只想獨自坐擁。於是，我們進行一場密會，商討要以多少金額完成這筆交易。那時我提出一個大膽的主意，想用手上的三十二件，交換彌澤先生祕密藏品中的三十二件。可是，彌澤先生……」

對方一口回絕，表示荻生的畫作一幅都不能放手，還說不如用自己收藏的三十二件畫作總價向遺孀買下。

「然而，荻生的畫作不曾在藝術市場上交易，不論是〈地平線〉，或是〈銀河〉，完全沒有市場行情價可供參考，不是嗎？爲了找出合理的交易價，我提議舉辦一場拍賣會。若我安排的三十二人得以落槌成交，第二順位的次高出價，不就是荻生畫作的市場價嗎？事實上，在價格方面我略微墊高了些，但彌澤先生不會在意那點小數目，我也保證不會玩手段。唯獨在拍賣〈花子像〉的過程中，我背棄了那項承諾……」

當〈花子像〉喊價超過一億圓時，彌澤驚覺遺孀耍了花招，難怪氣得橫眉豎目。在場的其他競投人，以爲自己是在決定台上拍品的價錢，渾然不覺其實是爲那三十二塊號碼板訂定價格。

「不過，對我來說，這也是一場意義重大的交易。我終究不得不出售荻生最後的傑作，形同把荻生和我之間的回憶都賣掉，這場交易令我痛徹心扉……那個系列眞的是偉大的創作！多希望也能讓你細細品味。那是猶如以尺劃記的筆挺直線，那是絕對無法持規劃記的柔順曲線。那位返回具象、窮究具象的畫家，在臨終前的病榻上尋尋覓覓，領悟的奧祕就是那些線條。完美呈現數字最純粹的直線和曲線，就是他畢生心血成就的藝術、完善的美學……噢，不，應該說，是他用盡最後的氣力換來的消遣。不僅如此，那些數字的顏色不是單純的黑，而是他嚥氣前看到的、泛著迷幻七彩的絢麗亮黑。我原以爲你會發現這個祕密。」

康彥試著回想，卻怎麼也想不起，那個他滿心認爲不過是號碼板上標示的數字，「13」的形貌。或許可說，這正是它成爲夢幻逸品的原因——在人們的視野盲區稍縱即逝……爲什麼沒留意到呢？昨天的會場是個數字氾濫的世界，被交易的藝術品僅僅是一串數字。或許，荻生仙太郎早預知自己的畫作，未來都將淪爲以數字評價的物品，於是在臨死前做出這樣的抵抗。其實，這更像是他捉弄人的消遣……

「爲什麼數字只到『32』？」

「力氣耗盡了。畫完32的一個鐘頭之後，外子就……」老夫人彷彿不願再回憶那段過往，搖搖頭。「事情就是如此，你願意收下這幅畫了吧？」

「可是，您還沒告訴我，爲什麼要將這幅畫送給我？」

「畫中人不是我，而是令祖母。這幅〈花子像〉也是真跡……我終究沒能和令祖母見上一面，她的容貌和這幅畫一樣吧？」

最後這句話問的不是康彥。老夫人遙望遠方，是對著亡夫說話。她隨即將視線拉回現實，像要攔阻康彥再多問，只留下一句「還有什麼想知道的，請令堂告訴你吧」，便欠身致意，迅速結帳，急著走出咖啡廳。

「請稍等一下！」

康彥抱著畫追出去，只見店外停著一輛進口轎車，老夫人正要上車。開車的是加瀨浩一，副駕駛座坐著她的孫女。和煦冬陽將玻璃映得閃亮，兩人在車窗裡向康彥微笑問候。

老夫人又一次欠身，準備上車時忽然停步，回頭道：

「再告訴你一件事吧……那幅畫可說是荻生親手繪製的贗品，而且在昨天的會場上，除了那幅〈花子像〉，還有一件荻生親手創造出來的贗品。」

老夫人用剛才遙望遠方的目光注視著康彥，「就是你這個活生生的贗品……」。

「不單是你……還有令堂。荻生和那幅畫的女模特兒一起玩樂消遣……在奢侈的玩樂消遣中，創造出自己的贗品……」

那雙迷茫遠眺的眼眸，蕩漾著笑淚交織的水光。

「是的，就當消遣吧。外子和那名女子之間的關係……就當是僅次於他摯愛的繪畫，極盡奢華的消遣。我不願將他和我這個妻子之間的關係也視爲消遣，那樣未免太可悲。荻生不會畫我。只要他肯多看幾眼，便會發現身邊分明有著遠比『數字』好上許多倍的具象素材哪！所以，至少在我死之前，請把那幅畫稱爲〈沒有臉的肖像畫〉，不要稱爲〈花子像〉，也請把那幅畫的模特兒看成是我……這就是爲什麼，我把這幅畫訂了最高的價格。」

她用堅毅的微笑強抑著即將奪眶而出的淚水，坐進車裡。車子旋即在光影點點灑落的街道上揚長而去，只留下康彥和那幅畫中的女人……

原著書名／顔のない肖像画・原出版社／實業之日本社・作者／連城三紀彥・翻譯／吳季倫・責任編輯／陳盈竹・行銷業務部／徐慧芬、陳紫晴・編輯總監／劉麗眞・總經理／陳逸瑛・榮譽社長／詹宏志・發行人／凃玉雲・出版／獨步文化 城邦文化事業股份有限公司 104台北市中山區民生東路二段141號5樓 電話／(02) 2500-7696 傳眞／(02) 2500-1967・發行／英屬蓋曼群島商家庭傳媒股份有限公司城邦分公司 台北市中山區民生東路二段 141 號 2 樓・讀者服務專線／(02)2500-7718; 2500-7719・服務時間／週一至週五：09：30-12：00、13：30-17：00・24小時傳眞服務／(02)2500-1990; 2500-1991・讀者服務信箱 E-mail／service@readingclub.com.tw・劃撥帳號／19863813 書虫股份有限公司・香港發行所／城邦（香港）出版集團有限公司 香港灣仔駱克道193號東超商業中心1樓 電話／(852) 25086231 傳眞／(852) 25789337・馬新發行所／城邦（馬新）出版集團 Cite (M) Sdn. Bhd. 41, Jalan Radin Anum, Bandar Baru Sri Petaling, 57000 Kuala Lumpur, Malaysia. 電話／(603) 90563833 傳眞／(603) 90576622・封面設計／蕭旭芳・排版／游淑萍・印刷／中原造像股份有限公司・2020年10月初版・定價／320元 ISBN 978-957-9447-84-3 Printed in Taiwan

沒有臉的肖像畫

日本推理——大師——經典

KAO NO NAI SHOUZOUGA

ISBN 978-957-9447-84-3

國家圖書館出版品預行編目資料

沒有臉的肖像畫／連城三紀彥著；吳季倫譯．初版．-- 臺北市：獨步文化：家庭傳媒城邦分公司發行，2020〔民109〕
面； 公分.（日本推理大師經典；51）
譯自：顔のない肖像画

ISBN 978-957-9447-84-3（平裝）

861.57 109013037

Original Japanese title : KAO NO NAI SHOUZOUGA
Copyright © Yoko Mizuta 2016
Originally Japaneses edition published by Jitsugyo no Nihon Sha, Ltd.
Traditional Chinese translation rights arranged with Jitsugyo no Nihon Sha, Ltd.
through THE English Agency (Japan) Ltd. and AMANN CO., LTD., Taipei

城邦讀書花園
www.cite.com.tw

獨步文化
APEX PRESS

廣　告　回　函
北區郵政管理登記證
台北廣字第000791號
郵資已付，免貼郵票

104台北市民生東路二段 141 號 2 樓
英屬蓋曼群島商家庭傳媒股份有限公司
城邦分公司

請沿虛線對摺，謝謝！

獨步文化
APEX PRESS

書號：1UD051	**書名**：沒有臉的肖像畫	**編碼**：

請於此處用膠水黏貼

獨步文化 APEX PRESS

讀者回函卡

謝謝您購買我們出版的書籍！

請費心填寫此回函卡，我們將不定期寄上城邦集團最新的出版訊息。

姓名：＿＿＿＿＿＿＿＿＿＿ 性別：□男 □女

生日：西元＿＿＿＿年＿＿＿＿月＿＿＿＿日

地址：＿＿＿＿＿＿＿＿＿＿

聯絡電話：＿＿＿＿＿＿＿＿ 傳真：＿＿＿＿＿＿

E-mail：＿＿＿＿＿＿＿＿＿＿

學歷：□1.小學 □2.國中 □3.高中 □4.大專 □5.研究所以上

職業：□1.學生 □2.軍公教 □3.服務 □4.金融 □5.製造 □6.資訊

□7.傳播 □8.自由業 □9.農漁牧 □10.家管 □11.退休

□12.其他＿＿＿＿＿＿＿＿

您從何種方式得知本書消息？

□1.書店 □2.網路 □3.報紙 □4.雜誌 □5.廣播 □6.電視

□7.親友推薦 □8.其他＿＿＿＿＿＿

您通常以何種方式購書？

□1.書店 □2.網路 □3.傳真訂購 □4.郵局劃撥 □5.其他

您喜歡閱讀哪些類別的書籍？

□1.財經商業 □2.自然科學 □3.歷史 □4.法律 □5.文學

□6.休閒旅遊 □7.小說 □8.人物傳記 □9.生活、勵志 □10.其他

對我們的建議：＿＿＿＿＿＿＿＿

＿＿＿＿＿＿＿＿

＿＿＿＿＿＿＿＿

為提供訂購、行銷、客戶管理或其他合於營業登記項目或章程所定業務需要之目的，家庭傳媒集團（即英屬蓋曼群島商家庭傳媒股份有限公司城邦分公司、城邦文化事業股份有限公司、書虫股份有限公司、墨刻出版股份有限公司、城邦原創股份有限公司），於本集團之營運期間及地區內，將以mail、傳真、電話、簡訊、郵寄或其他公告方式利用您提供之資料（資料類別：C001、C002、C003、C011等）。利用對象除本集團外，亦可能包括相關服務的協力機構。如您有依個資法第三條或其他需服務之處，得洽詢本公司服務信箱cite_apexpress@cite.com.tw請求協助。相關資料不提供亦不影響您的權益。

□我已詳讀權利義務之相關條款，並同意遵守。

請於此處用膠水黏貼